# 紅霞後宮物語　第九幕

雪村花菜

富士見L文庫

目次

# 宸国47~51代家系図

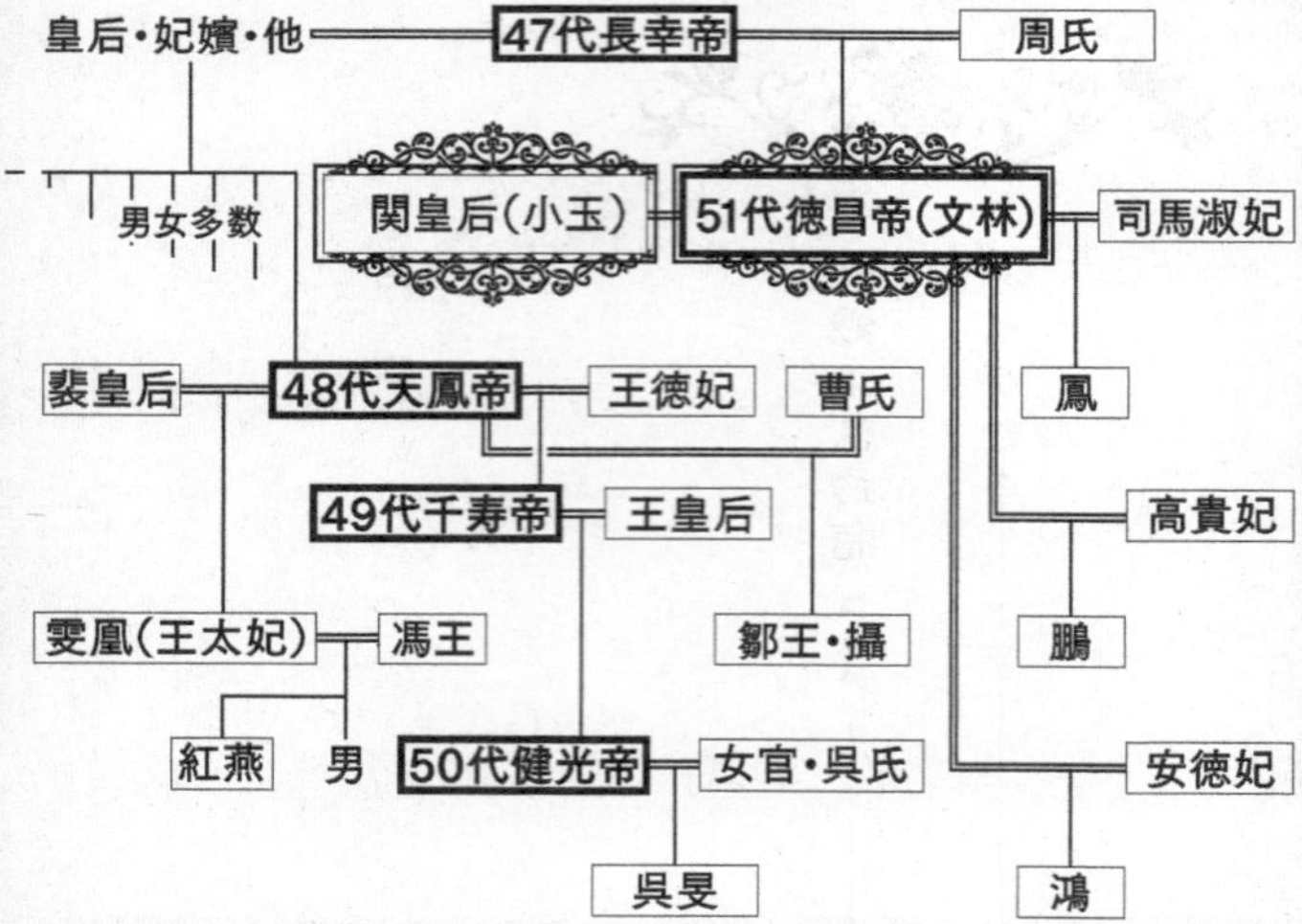


# 地図(中宸)

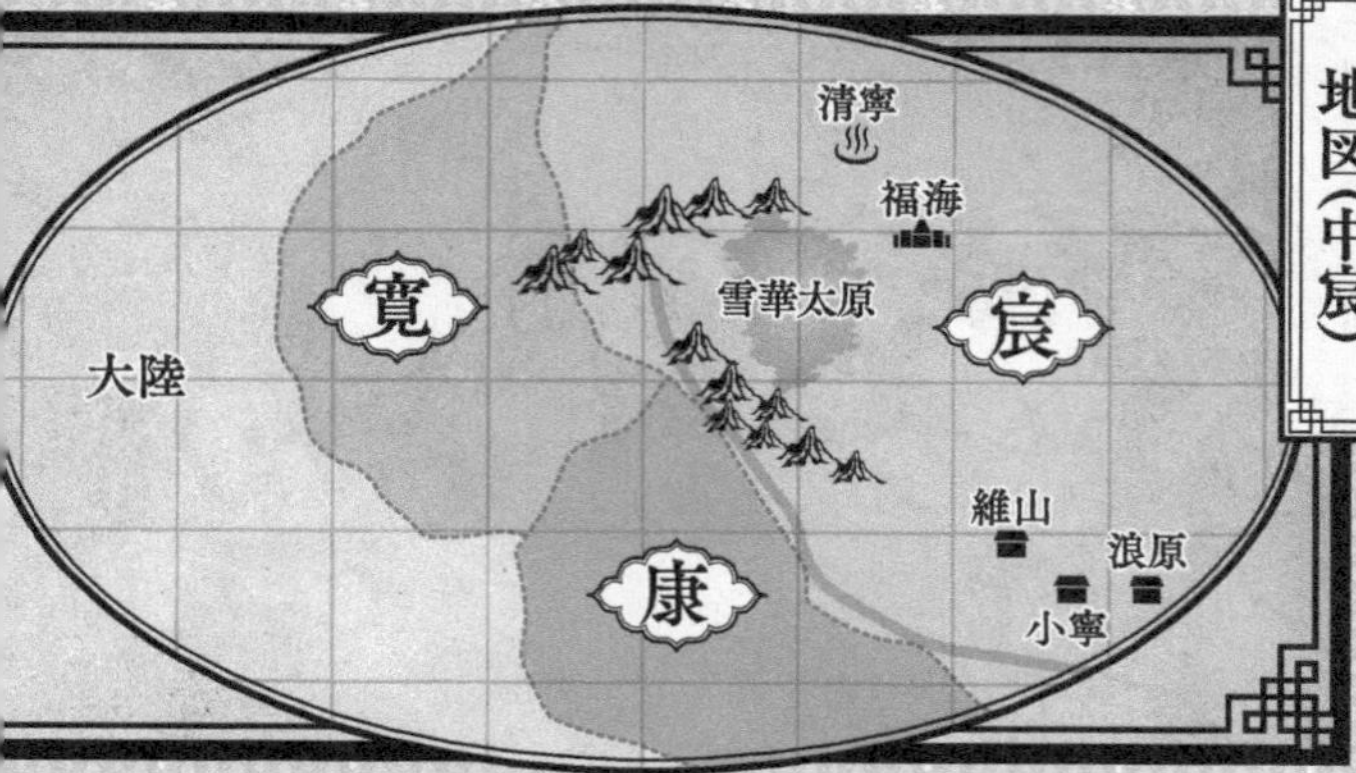

# 宸国妃嬪位階表

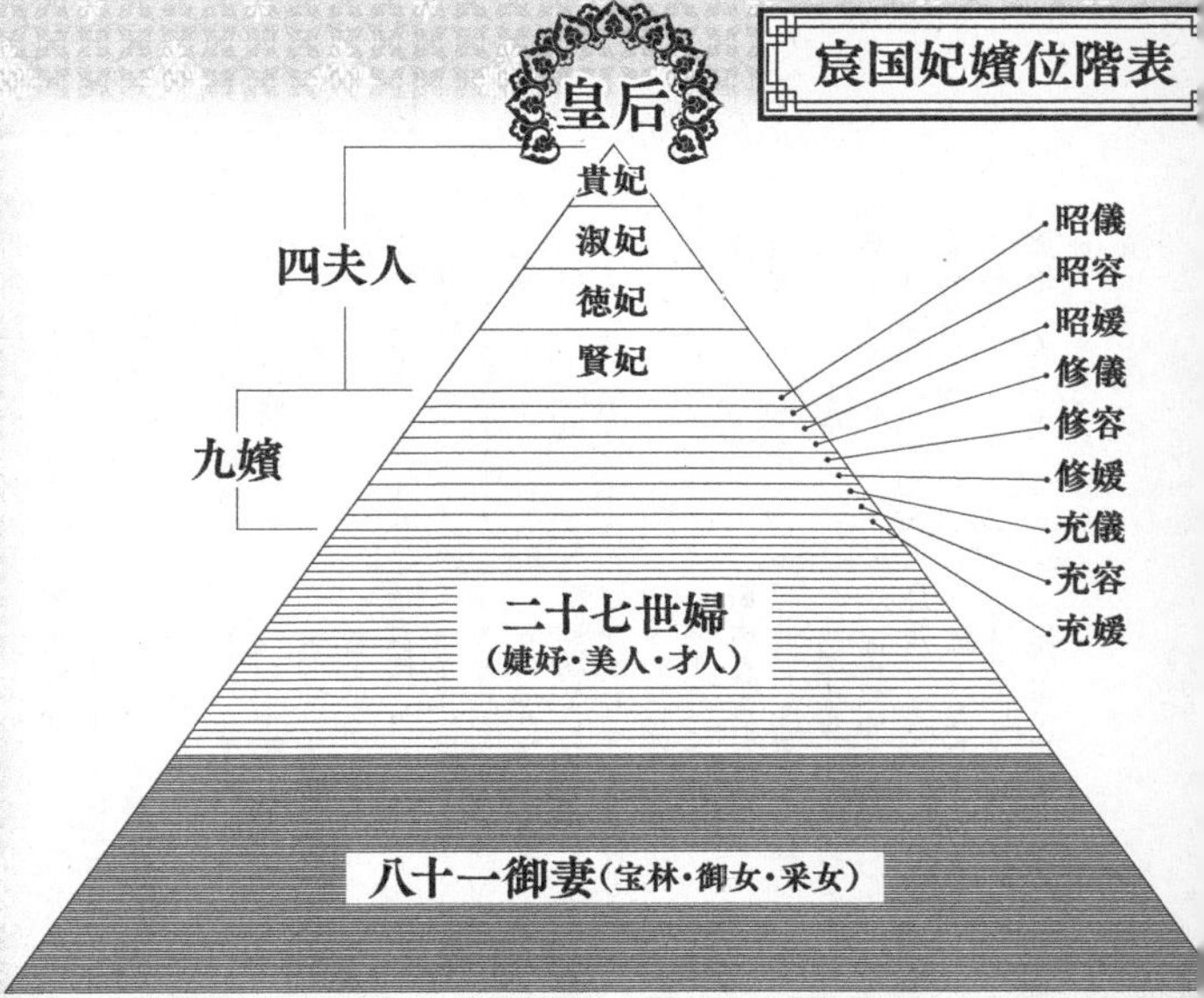


## 【寛国】

文化や風俗的には宸国に近い。

**寛帝**（かんてい）
寛国皇帝。梨妃を寵愛している。

**梨妃**（りひ）
寛国皇帝の寵姫。康国女王の叔母。

**姫昴**（きこう）
寛の将軍。

**羊氏**（ようし）
故人。樹華の父に横恋慕した寛国の太皇太后。

**元氏**（げんし）
羊氏の姪。寛国の皇太后。

## 【康国】

女系重視の国で、近親婚も多い。

**女王**（じょおう）
康国の君主。

**大叔父**（おおおじ）
女王の大叔父。金然の信奉者。

《その他》

**金然**（きんぜん）
故人。母子関係を神聖視する宗教団体の長。

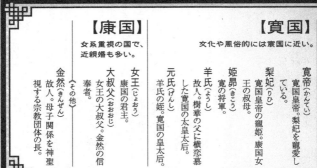

# 人物紹介(宸国)

**関小玉**(かんしょうぎょく)
三十三歳で後宮に入り、三十四歳で皇后となった武官。貧農出身。

**文林**(ぶんりん)
五十一代徳昌帝。女官を母に持ち、民間で育つ。元小玉の副官。

**鴻**(こう)
文林の三男。小玉に養育され、小玉に懐く。

《後宮》

**楊清喜**(ようせいき)
元小玉の従卒で、小玉の後宮入りに伴い宦官となる。

**劉梅花**(りゅうばいか)
故人。小玉付きの女官。文林の母親と親交があった。

**元杏**(げんきょう)
小玉に助けられた娘。梅花の後釜候補として女官になる。

**徐麗丹**(じょれいたん)
尚宮。女官を統括している。梅花の知己。

《妃嬪たち》

**李真桂**(りしんけい)
昭儀。小玉の信棒者。元は才人だったが、昇格して昭儀となった。

**馮紅燕**(ふうこうえん)
貴妃。小玉の信棒者。雯凰の娘。王太妃譲りの美貌と性格を持つ。

**薄雅媛**(はくがえん)
元充儀。真桂、紅燕と友人関係を結ぶ。雯凰の養女になり後宮を出た。

**衛夢華**(えいむか)
元婕妤。元小玉の取りまきの一人。嫁ぐ雅媛に同行する。

**司馬若青**(しばじゃくせい)
故人。元淑妃。文林の長男の生母。小玉暗殺を目論み死罪となる。

**高媛**(こうえん)
故人。元貴妃。文林の次男の生母。実家の謀反に伴い、死亡。

《文林の血縁》

**鳳**(ほう)
文林の長男。小玉の命を狙い、死罪を命じられる。

**鵬**(ほう)
故人。文林の次男。母親である高媛により殺害される。

**祥雯凰**(しょうぶんおう)
王太妃と呼ばれる三代前の皇帝の嫡女。文林の姫。亡き馮王に嫁ぐ。

《小玉の血縁》

**関丙**(かんへい)
小玉の甥。農業に従事している。

《軍関係者》

**張明慧**(ちょうめいけい)
故人。最強の筋力を誇る武官。小玉の片腕にして親友。

**納蘭樹華**(ならんじゅか)
故人。明慧の夫。隣国寛から亡命してきた武人。

**鄭綵**(ていさい)
小玉の二代目副官。王蘭英の娘。

**沈賢恭**(しんけんきょう)
文林付きの宦官。以前は武官として働いていた。元小玉の上官。

**王蘭英**(おうらんえい)
文官として文林に仕えている。元後方支援の武官。

**李阿蓮**(りあれん)
小玉の元同僚。現在は食堂を経営している。子だくさん。

**陳叔安**(ちんしゅくあん)
小玉の元同僚。

**秦雪苑**(しんせつえん)
皇后となった小玉の部下。崔冬麗・王千姫と共に三羽烏と呼ばれる。

《その他》

**納蘭誠**(ならんせい)
明慧と樹華の息子。

**孫五**(そんご)
宮城の厩番。

それは、筋肉の大群だった。

小玉《しょうぎょく》と文林《ぶんりん》は、樹華《じゅか》と明慧《めいけい》の供養に訪れていた。樹華が埋葬されてから、はじめてのことだった。もちろんお忍びである。

夫妻は今、一つの廟《びょう》に祀《まつ》られている。もともと明慧が死んだ時点でここにはちょっとした規模の廟が造られたのだが、このたび夫の樹華も大功あって死んだということで、明慧の廟をかなり立派に増築して、一緒に祀ることになった。

そこには明慧が実家と絶縁しているとか、死後追贈された爵位の件だとか、しちめんどうくさい大人の事情も絡んでいるが、あの夫婦が仲よく一緒に祀られるのは純粋によいことだと、小玉は思っている。きっと文林も。

でも、目の前に広がる光景は、ちょっといただけない。

「なんだこれ」

小玉の隣に立つ文林が、ぽつりとこぼした。

明慧と樹華の廟に、大量の人間が並んでいる……これはなんの問題もない。故人を慕う人間が、こんなにもたくさんいるのだと、友人として喜ぶべきところだ。

問題は、列のほとんどを占める男たちが、上半身裸だということである。そしてその格好の連中の大半はやけに筋肉質だということも、付けくわえておきたい。

「二か月前に来たときはなかったけど……樹華の故郷風の祀り方とか、なんかの行事日なのかな？」

小玉の素朴な疑問に、文林がやけに早口で畳みかける。

「いや、それはいくらなんでもないだろう。寛《かん》にいい感情がない俺でも、国家の名誉のために否定してやりたくなるくらい、ないと思うぞ」

そこまで徹底的に否定しなくても、と小玉は思う。文林は、この世にあまたある奇祭だとか不思議な儀式のことを、あまり知らないのだろうか。とはいえ小玉にしても筋肉行列がそれらのうちの一つだと断定できるほど、この業界に明るくはなかったので、おし黙るしかなかった。

「あー、願掛けらしいですよ」

結局、文林の「なんだこれ」に対する答えを、小玉は持っていなかったが、小玉の甥《おい》は持っていた。彼は片手で樹華と明慧の息子である誠《せい》の手を引き、もう片方の手でおでこのあたりをぽりぽりかいている。

「願掛け？」

今度は小玉が問いかける。甥である丙《へい》は、「うん」と頷《うなず》く。

「ほら、明慧さんも樹華さんも、すごい筋肉の持ち主だったから、ここでお祈りすると……」

「筋肉に恵まれるってか？　他力本願にもほどがある」

文林が吐きすてるように言った。彼は顔面以外は、基本的に努力の人である。むしろ顔面のせいでいらん努力をしていることも多々あるので、人生のほとんどが努力でできているともいえる。そんな彼にとっては、よほど頭にきたのだろう。なにせかわいがっている丙の言葉を遮るくらいだから。

しかし丙は、「ちょっと違います」と首を横に振った。

「見込みがある人だったら、夢の中でご夫妻が筋肉育成について、適切な助言をくれるって、最近評判なんですよね」

微妙に自力本願なご加護である。

「へー……」

我ながら棒読みすぎる相槌《あいづち》しか打てなかった小玉だが、なぜか文林は得心したようである。

「だから連中、上半身脱いでるのか」

彼らは自分がいかに「見込みがある」か、訴えたいのだろう。故人に。

これまで無言だった誠が、口を挟む。

「お父さんは、人の筋肉見るのも好きだったから、喜んでると思う」

たしかに樹華はそういう人間だったので、供養としても成立しているといえるのであろう。

ただし樹華に対してだけ。

小玉は誠が、母親について言及しない理由をわかっていた。それは誠にとって、母の記憶が薄れてきているからではない……明慧のほうはわりと迷惑がりそうだからである。そして息子もそれをよくわかっているからである。

だから本当に夢の中で助言があるとしても、おそらく夫しか出てこないであろう。

そのことをあえて口にしない誠は、性格的には母の血もしっかり受け継いでいるようであるし、中身はだいぶ大人びているようだった。

けれども、丙とつないだ手の反対側で、小玉の服の裾をきゅっと握っているあたりはまだ子どもらしさが残っている。小玉は彼がそういう内面を発露できることに、そして自分に対して発露してくれることに安心したし、嬉《うれ》しくも思った。

「でもどうしようね、これだとお参りできないわ」

筋肉行列の最後尾に並ぶのが嫌だというわけではない。明慧と樹華の遺児である誠と一緒だと、故人の知己であることは瞭然《りょうぜん》だし、少し聡《さと》い人間ならば皇帝夫妻かもしれないと察する者もいるかもしれない。いたずらに場を騒がせたくはなかった。なにせ誠を巻きこんでしまうことになるわけだから。

小玉は文林と顔を見合わせる。小玉が次ここに来られるとしたら、数か月は先になる。しかも二人揃ってだなんて、今日を逃せばいつになることか。

「裏手でお祈りしてもいいんじゃない？　明慧さんも樹華さんも、それで怒るような人たちじゃないから」

丙の言葉に、誠がうんうんと頷く。

かくして、この提案が採用された。

廟の裏手で夫婦揃《そろ》って、静かに紙銭《しせん》を燃やす。表のほうでも盛大に燃やしているので、煙で気づかれることはなかった。

二人が祈る姿を、丙と誠が少し離れたところで見守っていた。

火の始末をしっかり終え、来た道を引き返す途中、また小玉の服の裾をつかんだ誠が静かに言う。

「小母《おば》ちゃん、来てくれてありがとう」

宮城ではないから、彼は小玉のことを「小母ちゃん」と呼ぶ。

「ううん、遅くなってごめん」と言いかけ、小玉は言葉を飲みこんだ。これを言ってしまえば、誠にいらぬ気をつかわせてしまう。

「……ずっと来たかったのよ。夫を連れて、誠くんと一緒に」

「うん」

誠は静かに頷く。

おそらく、言いたいことは山のようにあるのだろう。だが誠は、質問を一つ発しただけだった。

「小母ちゃんは、もう体大丈夫なの？」

「ええ」

小玉は言葉少なに肯定した。

それは本当のこととは言いがたい。実のところまだ、完全に復調してはいない。ただもしかしたら、今の体では現状までの回復が精いっぱいかもしれないので、嘘とは言いきれないのも事実だ。

ここ数年、小玉は何度か寝込むことがあったが、回数を重ねるごとに明らかに回復速度が遅くなっている。そして回復できる上限にも変化が生じてきている。けれどもそれは、「まあまあ年だから」という、揺るぎない事実で説明できてしまうものだった。

「このあと叔母《おば》ちゃんは、俺たちと一緒なんだよね？」

声をかけてきた丙に、小玉は頷く。

「うん。お邪魔させてもらうわ」

「じゃあこのまま真っ直ぐ、阿蓮《あれん》小母さんとこでいい？　小母さん、うちで茶でも飲んでってって、昨日言ってた」

小玉は「あら」と、声をあげる。

「そうなの？　そうだったらなんかちゃんとしたお土産持ってきたのに」

色々世話になったことに、まだ直接礼を言えていないだけに、今度会うときはきちんとやろうと思っていた小玉だった。

「多分小母ちゃん、叔母ちゃんがそう言うと思って、わざと直前まで俺に声かけなかったんだと思う」

「読まれてるなあ」

小玉は苦笑した。

しかし、である。阿蓮の家は武官たちがよく集まる小料理屋だ。当然「皇后」の顔を知っている人間も来る。

お忍びの結果、たまたま素性が割れることはままあるが、素性をばらすために行くような場所を目的地にするのはちょっとためらわれる。

しかし阿蓮はそこも考えていたようで、「昼は女の子たちしか来ないし、今日は寄り合いもないからゆっくりできるよってことも言ってた」

丙にそんなことを言われ、小玉はもう一度「読まれてるなあ」と笑った。

「そういうことなら、顔出ししようかな」

「……俺はすまないが」

文林が片手をあげて、謝罪を込めた声音で言う。

「あっはい、旦那《だんな》さんが来たらみんなびっくりするんで」

言外に「来ないでほしい」と告げる丙に、文林は残念そうな顔をした。それともこの表情は、お忍びですら丙に叔父《おじ》さんと呼ばれなかったことに対するものなのか。商家の主人風の格好をしている文林を、丙は「旦那さん」と呼ぶことに決めたようだった。

ところで小玉たちは向かって左側から、丙、誠、小玉、文林の順番で、横一列になって歩いていた。文林はすいと斜め前に出て、丙の正面に立つ。文林に遮られるかたちで、横隊が停止した。

「すまないな。また今度ゆっくり話をしよう」

「どうもどうも！」

文林はぜひともそうしたいようだが、対する丙はできればごめんこうむりたい模様である。

　さて文林が丙の正面に立ったということは、手をつないでいる誠とも距離が近くなったわけなのだが、誠は手を離さないままずっと後ろに一歩下がった。文林にはあまり近づきたくないらしい。

　誠は小玉の裾も握ったままなので、小玉も彼の動きに合わせて体の向きを少し変える。その結果道のど真ん中で、立ち止まって円陣を組む怪しい四人組が完成してしまった。小玉は道の先と、背後を見て、誰もこちらに向かってきていないことを確認した。人気《ひとけ》のない道を選んでよかった。通る人がいたら、迷惑なことこのうえない。

「文林、もう戻って」

　小玉は二重の意味で言った。自分の隣に戻るか、宮城に戻るかのどっちか。

「ああ、もう行く」

　文林は後者のほうについて頷いた。

「旦那さん、忙しいんですね」

　丙はさすがにちょっと同情的な様子になった。決して文林のことが嫌いなわけではないのだ。

「まあな……ほんとうはもう少し、丁寧《ていねい》に祈りたかったんだが」

「なに？　あんたも筋肉欲しかったりする？」

ちょっとからかいを込めて小玉が言うと、文林は真顔で返した。

「いや、俺が欲しいのは髭《ひげ》だ」

「髭」

小玉と他の二人は、異口同音に言う。脳裏には、立派な髭の持ち主であった樹華《じゅか》の姿が浮かんでいる。

小玉にしてみると、やけに熱心に祈っているから、まさかと思いはしたのだ。しかし文林が上半身もろ脱ぎにはならなかったので、これは違うなとたかをくくっていた。

それがまさかの髭希望とは。

「じゃあな」

文林は片手をあげると、そこらへんから姿を現した護衛をともない去っていった。文林の後ろ姿を見送りながら小玉は考える……果たして今夜、彼の夢の中に樹華は出てくるのか、否か。

出てこないのであれば、おそらく文林は立派な髭に恵まれる見込みがないということなのであろう。

「あらぁ、久しぶりね小玉！」

出迎えてくれた阿蓮に小玉は、変わってないな……と感慨にひたることはなかった。阿蓮は変わっていた。

主に横に。

これまでの傾向からして、こうなるときの彼女は大体……、

「ちょっと阿蓮、もしかして……」

「そうなの、またなのよね～」

小玉の言いかけた先を引き取って、阿蓮がからからと笑う。ご懐妊の予想が、たった今確定に変わった。

小玉が丙のほうをちらっと見ると、彼はもう知っていたらしく、特に驚いた様子もなかった。

「大丈夫なの、あんた……？」

めでたいことであるが、彼女ももういい年である。というか孫もいる。まだ娘の腹のなかだけど。

「絶対じゃないけど、あたしは多分大丈夫でしょ。慣れてるし、前回なんてあっさり産まれたもの。それより娘のほうが心配」

「初めてのお産だものね……」

初産はやはり気をつかう。直近では、小玉の部下の一人だった冬麗《とうれい》が、同じく初産の数

日後に産褥熱《さんじょくねつ》で亡くなった記憶がまだ生々しいだけに、小玉は根拠のない「大丈夫」という言葉をかけられなかった。

期せずして同時にため息をつく小玉と阿蓮。ちょっと深刻な空気の中、それを吹きとばすような声を発したのは誠だった。

「おれ、しっこ行きたい～」

無神経と言うなかれ、どんなときでも体の声は正直だし、その声には耳を傾けるべきである。

「あ、俺も行ってくるわ」

男二人、仲よく厠《かわや》へ向かっていく姿に、小玉と阿蓮は顔を見合わせて笑う。少しだけ気分が浮上した。

やがてすっきりした顔の二人が戻ってくると、小玉たちは奥に通された。少し落ちついたところで、小玉は阿蓮に問いかけた。

「そういえば、あの行列いつから？」

「あの筋肉のね！　一月くらい前からかな？」

話が早い。あの行列は、よほど強烈な印象を周囲に与えているらしい。わかる。

「最初はまばらだったんだけど、そのうち評判になったみたいで。でも見た目暑苦しいだけで、みんな礼儀正しいのよ。ごみとかも残さないし」

「なら問題ないね」

「でも行列ぜんぜん減らなくてね～、まだ暑いのに、体壊さないか心配。うちの長男に商売の練習兼ねて、近くで日よけとか飲み物の屋台出させようかって話してんのよ。で、儲《もう》けが出たら一部は誠くんに渡す」

「いいんじゃない？」

　誰もが損をしないし、義理もしっかり立っている最高の話である。昔話でもここまでの展開はそうはない。

　ただ誠はよくわかっていないようで、「おれいらないよー」と言っている。阿蓮はそれを頭ごなしに否定しなかった。

「じゃあ廟《びょう》のお手入れに使おう！　それならどう？」

「う……ん、いいかも！」

　どうやら丸くおさまったようだった。

※

　この外出は、あくまでもお忍びである。

　したがって小玉はこっそりと後宮に戻った。急いで紅霞宮《こうかきゅう》に戻り、女官の元杏《げんきょう》が用意してくれていた衣装に着替えて、居間に向かう。

そこでは美女と美少女が、向かいあって碁をうっていた。どうやら今は美少女のほうが指す番らしく、摘《つま》んだ碁石を細い指先で弄《もてあそ》びながら考えこんでいる。かすかに物憂げな雰囲気が漂う。

だから小玉の姿に気づいたのは、美女——李真桂《りしんけい》のほうだった。

「まあ、娘子《じょうし》」

その声に、美少女こと馮紅燕《ふうこうえん》が反応する。小玉のほうを見て、破顔一笑する。

「お帰りなさいませ！」

言いながら無意識にか碁盤に黒石を置き……間髪《かんはつ》をいれず真桂が、ビシッと鋭《するど》い音を立てて白石を置く。

「はい、これで終わりですわ……さ、細鈴《さいりん》、片づけて」

「はい」

真桂づきの女官が、碁石と碁盤を手早く片づけはじめる。

「えっ、待って！　今のはないでしょう!?」

目を剝《む》く紅燕のいきおいとは対照的に、真桂は淡々と言う。

「お諦《あきら》めなさいませ。貴妃《きひ》さまの負けはとうの昔に決まっておりました。そう、九手目から」

それはまた、ずいぶん力の差がある戦いだ。もしくは紅燕が、ずいぶん粘ったというべきか。果たして真桂は何目石を置かせてやったのか……それによっても話が変わってくる。

「はっきり言うわね！」

「それに娘子がお戻りになったのですから、どのみち続けられませんわ」

横で聞いている小玉としては、そういうことなら戻るの遅らせてもよかったかなと思ったのだが、紅燕は真桂の言い分にすんなりと納得したようだった。いからせた肩を、しゅっと下げる。

「それもそうだわ……」

そして頷《うなず》きながら席を立つ。真桂も同様に。そして紅燕は真桂の座っていた椅子の前に、真桂は杏に指示して持ってこさせた椅子の前に立つ。小玉が紅燕に譲られた椅子に腰掛けると、二人は小玉に向かい同時に一礼して着座した。

「二人には迷惑をかけました」

「もったいないお言葉でございます」

紅燕が言い、二人は深々と頭を下げた。このお忍びのために、小玉は二人を紅霞宮に呼びよせて、三人で過ごしているように装ったのである。

昨今はそうしないと、外に出られなくなっている。今が不自由というより、これまでが恵まれていたのだ。梅花《ばいか》という、心強い庇護《ひご》者がいたおかげで。

思い出してつきりと小玉の胸が痛んだが、それを吹き飛ばしてくれたのは紅燕の笑顔だった。

「お参りはいかがでしたか？　張《ちょう》さまのご子息は、息災でございましたか」

弟である馮王を、命と引き換えに救った明慧に紅燕は深く感謝していて、彼女のことを「さま」づけで呼ぶ。

母である王太妃を除けばこの国でもっとも高貴な姫である彼女が、故人相手とはいえそこまでへりくだるというあたりに、姉弟間の関係のよさがうかがえた。骨肉の争いというものと縁の深い皇族ではあっても、こういう関係は築けるのだ。

小玉はにこやかに答える。

「つつがなく終わりました。誠は元気にしておりましたよ。最近は読み書きも習いはじめたとか」

樹華は筋肉しか教えられなかったらしいので、誠はまあまあ楽しんで勉強しているらしい。そのあたり、やはり樹華だけの子ではないんだなあと、小玉は妙に感心している。

「それは……娘子の甥御《おいご》さまから？」

紅燕の弾んでいた声が、少し抑えられた。

「丙……ええ、甥が」

紅燕が、「まあ」とどこかはにかみを含んだ声をあげる。

「甥御さまは教養もおありですのね」

「教養……」

――あるかなあ。

小玉は言葉に詰まった。

文林に仕込まれたおかげで、代書屋をできるくらいには読み書きができる丙は、おそらく近所界隈《かいわい》では知識人の一人なのだろう。

だが後宮内における「教養がある」人々には鼻で笑われるだろうし、なんだったらその鼻息で吹き飛ばされたとしてもおかしくない。現に叔母《おば》である小玉は、吹き飛ばされそうな思いをいつもしている。

特に今、小玉の目の前には当代一の才女と名高い李真桂が座っている。その前で甥の教養について肯定するのは、冒瀆《ぼうとく》な気がする。なんというか、「知」という巨大な概念に対して。

「……生活に支障がない程度には」

「質実でいらっしゃいますわ」

真桂がにこりと笑った。本人にそのつもりはないとわかっているのに、なぜか圧倒された小玉である。

「甥御さまも、お変わりはございませんか？」

「まったく。むしろ宮城から出て、人心地ついたようで」

もう俺は、布団さえ一緒にいてくれたらそれで幸せだとすら言っている。叔母として物申したいことはいくつかあったが、今は誠の世話で手いっぱいな丙のために、小玉は一つに絞っておいた――こまめに洗濯しなさいよ。

「お元気でおいでなのですね……」

「ええ」

小玉が頷くと、紅燕はなにやら憂いを帯びた雰囲気をただよわせた。おや、と思った小玉だったが、このとき真桂が話題を変えた。

「貴妃さま、雅媛《がえん》どのからお便りが届いたとか」

「ああ、そうだったわね」

単に呼びつけただけで帰すのも失礼な話だし、なにより偽装にほころびが出るかもしれない。だからこういうときの小玉は、一つか二つ用件を作っておく。今回は雅媛からの手紙がそれだった。

紅燕が雅媛からの手紙を持っているのは、彼女の母である王太妃の養女として、雅媛が異郷に嫁いだからである。

「なんでも懐妊したそうです」

小玉と真桂は揃って「まあ」と声をあげる。その中に含まれているのは、喜びだけではなかった。

「医師はもう送りこんでいるのですか？」

小玉の問いに、紅燕が重々しくうなずく。

「はい、実家が手配いたしました。薬も大量に持たせたと」

出産は女の生死のふるいのようなものだ。子が産み月まで行きつかないことが多々あるのはもちろん、無事にお産を迎えたとしても、冬麗のように母か子のどちらかが死ぬ恐れがある。事実、産婦の十人に一人か二人は死ぬものである。

特に雅媛のような上流階級の娘は、出産で事故が起こる傾向が強い。それはあまり運動をしないことによる体の作りの問題でもあるし、利害による人間関係の問題でもある。特に雅媛は後者の問題が深刻だった。彼女が子を生まずに死ねば、坏胡《はいこ》との関係は少なからずこじれるからだ。それで喜ぶ人間は確かにいる。

「これから何人か、身を守らせる人間も送るつもりです。ですからわたくしの側仕えの香《こう》児《じ》の任を解くことをお許しください」

紅燕の願い出に、小玉は「わかりました」と頷いた。

「徐尚宮《じょしょうきゅう》に伝えておきましょう」

魏《ぎ》香児は先の鄒王《すうおう》・攝《せつ》に占拠された王城奪還の際にも、表だってのものではないにしろ功あった人物である。頼りになるのは間違いない。

どうやら王太妃は、雅媛の保護に注力するつもりのようだった。雅媛の置かれた環境は、それほどまでに危険なものなのかもしれない。

ただ小玉としては一つ懸念がある。それは王太妃は雅媛の新作を読めなくなるのが嫌で、万難を排しているのではないのか……というものである。

とはいえ動機がなんであれ、雅媛の身の安全を図ってもらって悪いことはなにひとつないので、小玉は懸念を懸念のままにしておく。

「娘子、お約束を守りませんと」

口をつぐんだ小玉を見て、悩んでいるのかと気づかったのだろうか。真桂がいたずらっぽそうな表情を作って話しかける。

「あの、襁褓《むつき》の」

「そうですね、たしかに約束していました」

雅媛は嫁ぐとき、子を授かったらおむつを作ってほしいとねだっていた。

「わたくしたちももちろんお手伝いいたしますわ」

真桂はにこりと笑った。

「娘子、李昭儀《しょうぎ》はだいぶ大人になりましたね」

小玉が清喜《せいき》に、うさんくさそうな奴を見る目を向けたのは、言ってる内容が間違っているからではない。

「あんた、自分のことをなんて言ってるか忘れたの？」

自分のことを「永遠の若手」とかほざく輩《やから》の言うことではないからだ。

「でも僕、冗談抜きでいえば、もう三十なので」

「そうだね……」

真面目な顔で言われると、そんな相槌《あいづち》しか打てない小玉である。いやしかし、清喜から冗談を抜いたら、いったいなにが残るというのか……そう言うと、清喜は憤懣《ふんまん》やるかたないという態度で、両手を大きく広げた。

「僕のこと、冗談だけの人間だと思っていませんか？　失礼な！」

「実際そうでしょ」

動作がいちいち大げさである。そしてその動作自体、冗談しか含まれていないように見える。

「そんなことはありません！　なんて失礼なことを言うんですか！　仮にも前線で戦えて、海千山千のくせ者がいる宮城で宦官《かんがん》としてもやっていけてる逸材ですよ。ええっ、すごい！」

「自分で言うか」

抗議、非難、説明、感嘆、賞賛と、全部一人でこなす清喜は、やはり冗談を原動力にして生きているようにしか見えない。

しかし彼の言うとおりではあった……というか今言った要素、かなり沈賢恭《しんけんきょう》に重なる。もしかして清喜から冗談を抜くと賢恭になるのか……？　と思ってしまった小玉は、自らに想像力というものがあることを遺憾に思った。

「娘子《じょうし》、今すごく失礼なこと考えましたね」

こいつにも想像力があることを小玉は極めて遺憾に思う。いやこの場合は、小玉の内心を読む洞察力《どうさつ》というべきか。

「あんたも李昭儀にまあまあ失礼じゃない」

「そういうの棚上げって言うんですよ」

たしかにそうである。

「でも実際、あたしも彼女のことは大人になったなあって思うし、すごく助かってる。彼女がいなかったら皇后業、もっと滞ってた」

最近真桂は、紅燕相手に愉快な反目をしないようになっていた。紅燕にしても、どこか上の空なことが多くなり、あまり真桂と関わりあおうとはしない。

紅燕のほうは悩みごとがあるのだろうとは思うが、小玉の前でなにか話したいそぶりを見せない以上、小玉から働きかけることははばかられる。なにせ彼女の実家が実家なので、うかつに干渉すると自分だけならまだしも、紅燕自身または文林に迷惑が及ぶかもしれないのだ。

きっと彼女の母である王太妃も、小玉に触れさせられない悩みをいくつも持っているのだろう。

小玉に話したいことであるならば、そして話せることなのならば、いずれ紅燕が判断を下しそういうそぶりを見せてくれるだろう。彼女はそれができる娘だ。だから今の小玉は、静観を選んでいる。

一方、自らの実家の事情をぺろっと暴露したのは真桂である。

最近、実家の父親を強制的に隠居させたとか。

異母弟に科挙を受けさせたものの、今年は失敗したのできりきりと締めあげたとか。

そんな異母弟に、売官を持ちかけてきた官吏がいたという知らせがあったので、色々と情報を絞りあげたうえで通報したとか。

そんなことを華やかな笑い声とともに話してくれたのだが、聞いてて色々ときわどく小玉は冷や汗をかいたものである。悪行自体は行っていない……それどころか正義の行いもしているはずなのだが、どうしてそれが霞《かす》んでしまうのだろうか。

ただ真桂が色々とたくましく、そして頼りになる人物になってきているのは確かなことである。おそらくは自発的に、そして小玉のために。

「本当にありがたい……」

「李昭儀さまさまですね」

なんとなく主従で、真桂の住む宮のほうを拝んでみた。

※

夏の末、秋の声が聞こえはじめていても、熱気はまだしぶとく居残っていた。

こういうときは自室にこもっていても、呼んでもいないのに一緒にこもる暑さにやられるだけだ。外出するのに限る。

まっとうな判断力を持っていた真桂は、側仕えの女官である細鈴を伴って、散歩に出た。

とはいえここで後宮そのものを抜け出して、町まで出るのは皇后くらいしかいない。皇后の薫陶よろしきを得た真桂であったとしても、そこは妃嬪《ひひん》らしく後宮の庭をしゃなりしゃなりとそぞろ歩くだけにとどめる。

庭といっても、そこはそれ、皇帝陛下のお膝元《ひざもと》中のお膝元である後宮に併設されているのだから、ただの庭ではない。

皇后がこっそり罠《わな》をしかけられたり、先帝《せんてい》の遺児が何日も隠れられたりするくらいには広い。

さらにさかのぼれば、かつての真桂がこっそり素振りの練習をできたくらいには広い……結局ばれたけれど。

たまたまその場所に来たことに気づき、真桂は足を止めて微笑んだ。

「このあたりまで来るのは久しぶりだわ」

「さようでございますわね」

細鈴が真桂を、ぱたぱたと団扇《うちわ》で扇《あお》ぎながら相づちを打つ。

「ですがここはあまり、この時季に歩くには適さない場所かと」

後宮の庭の外れも外れ、昨今の経費削減の影響もあって手入れもあまり行き届いていないそのあたりは、平たくいえば草ぼうぼうである。

しかし真桂は、あら、と心外そうな声をあげる。

「わたくしはこういうところ、嫌いではないのだけれども」

「昭儀さまは、風景に雅趣を見出《みいだ》すことにかけては、昔からかなり無節操ですしね。そのあたりにいくらでも生えている雑草でも、昭儀さまのお手にかかれば、涙を誘うものに仕立てあげられてしまって」

長年側近くで真桂に仕えてきた細鈴は、言うことに遠慮がない。

「人を詐欺師みたいに言うのはおやめ……これだから風雅を解さない者は」

対する真桂も、遠慮なく毒づいた。だが、一理あると頷《うなず》きもする。

「たしかに移動はすべきね。このあたりは暑いわ」

涼を求めてきたのだから、涼しいところに行かなければ話にならない。

「少し進んだところに、四阿《あずまや》がありますわ。水辺ですから、多少は涼しいかと」

細鈴の提案に、真桂は彼女の顔をちらりと見た。

「水辺ね……お前がいいなら、まあいいわ」

真桂が手放しで頷かなかったのには、一つの危惧《きぐ》があったからだ。そしてその危惧は見事に当たった。


「やはり水辺は涼しいこと」

「そうですわね、昭儀さま」


——ぱたぱた。

人工的に作られた池のほとりを歩みながら、真桂は水面《みなも》に目線を落とす。すぐ近くから水を引き込んでいるからか、風もないのにかすかに波打つそれはきらきらと光を反射して、真桂の目を細めさせた。

眩《まぶ》しい、と思わず呟《つぶや》くと細鈴が「今日は日差しが強うございますしね」と、自らの袖《そで》を目のところにかざしながら、つと天を仰いだ。

――ぱたたたた……。

真桂も細鈴と同じ動作をする。両腕にかけていた領巾《ひれ》がちょうど目の前に来て、紗越《しゃご》しに眺める日差しは、それはそれで詩興がそそられた。

――ぱたたた……ぱっ！　ぱっ！

「……ねえ、細鈴」
「なんでございましょう、昭儀さま！」
「やっぱり、ここらはよしたほうがよかったのではなくて」
さっきいた場所も大概だったが、この水辺という場所、やたらめったら蚊が飛びかっていた。細鈴がさっきから真桂（と、ついでに自分自身）をひたすら扇いでいるのは、蚊との仁義なき戦いによるものである。その細鈴の動きは、徐々に激しくなっていてもはや踊りと化していた。見ているほうが心配になるくらいに。
「いえ！ご心配には及びません！　必ずすべての蚊をなぎ払って、涼んでいただきますので！」

「わたくしが心配しているのは、それではないのだけれど！」

激しく動きすぎて、ちょっぴり息が弾んでいる細鈴に、つられて真桂もちょっと声が荒くなる。怒っているわけではない。

「お前がたいへんでしょう」

下の者への気づかいを見せた真桂だったが、

「ご心配には、及びません！　わたくしも、涼みながら！　わたくしのぶんも、払っておりますので！」

かなり無碍《むげ》にされてしまった。

「ああそう……」

はたして彼女が本当に涼めているのかどうかは疑問である。仮に涼めていたとしても、運動量によってそれを上回る熱を帯びているのではないだろうかと真桂は見ている。だが、いつも真桂にちょっと引きながらも、常に忠実に仕えてくれている彼女がそこまで言うなら、意向どおりにしてやるべきだろう。

真桂は、自身も団扇をちょっと強く扇ぎながら歩みを速める。もちろん四方が開放された四阿に入ったところで、蚊の猛攻が抑えられるわけでもないが、細鈴の運動量のほうは抑えられるはずだった。「歩きながら踊る」という現状のうち、半分の動作が減るわけなのだから。

「なにも、根拠はないのですが、わたくし個人的に、季節外れの蚊は、刺されると、とびきり痒《かゆ》い気がいたします」

「ああ、それはわかるわ……」

ぴょんぴょこしている細鈴の言に、真桂は深く頷いた。

理屈を重んじる真桂でも、こういう「理屈じゃない機微」というのはわかる。実際、刺されるとすごく痒い。

「……あら」

真桂が声をあげたのは、四阿が見えてきたからというだけではない。そこに、本来はないはずのものがあったからだ。庇《ひさし》にいくつかの赤い提灯《ちょうちん》がぶら下がっている。

「元宵節《げんしょうせつ》の提灯ね」

年明けの最初の満月は、赤い提灯を飾って祝う。そのときの提灯が、この時期になってもなお残っていた。

難しい顔をする真桂に、細鈴がやけに声を潜める。

「手入れが、行きとどいていないのでしょうか」

「そうね」

後宮において、こういう場所の管理に関しては、宦官《かんがん》の管轄である。ひょっとしたらただのうっかりかもしれないのである。だが後宮内の統制が乱れていると受けとってしまえば、かなりの問題である。

後宮のことは、最終的には皇后の責任になってしまうからだ。

「お戻りに、なりますか?」

「いえ」

細鈴の勧めに、真桂は首を横に振った。

「少しここで休むわ」

「かしこまりました」

なにせ隣の細鈴が、肩で息をしているものだから。

実際に四阿に入ったところ、悪くはないなと真桂は思った。日陰になっているから、空気がさらに心地よいものになったし、腰掛けて眺める風景は、切り取られた絵のようだった。

遠くに目をやれば、石で出来た橋。それがまだみずみずしさが残る緑と、それが落とす影《かげ》に囲まれている。目線を庇に戻すと、庇にかかった目の前の提灯の赤が見える。緑と赤が、絶妙な調和で映えていた。

「あの橋……あそこに、佳人が一人佇《たたず》めば完璧《かんぺき》な一幅の絵だというのに」

「それはなんともうしますか、『絵空事』ですわね」

真桂が団扇を持つ手で橋を示せば、細鈴がからかうように言った。

「そうねえ、まさかこんな日に、こんなところに……」

真桂の言葉が中途半端に切れた。橋の奥から現れた人影を目にして。

ところで、こういうのも「噂をすれば影がさす」と言っていいものなのだろうか。その人物は橋の上に立つと、まさに真桂が言ったとおりに、そこに佇みぼんやりと中空を眺めはじめた。

なお相手は、真桂がよく知っている人物だった。

「貴妃さまですわね」

「なになさってるの、あの方」

細鈴、真桂と口々に呟く。だがそんな疑問も忘れてしまうくらいに、二人はついうっとりと見入ってしまう。

「絵ね……」

「絵ですわね……」

二人は感嘆の声をあげた。本当に絵になる光景だった。しかもその人物が絶世の美少女で、身に着けているものも趣味がよいときては。

「赤い傘がまた、憎い演出ですね」

「あらなんなのお前ったら。なんだかんだ言って、風雅というものを解してきているじゃない」

二人はなんだかにやにやしながら品評する。

しかし、さすがにいつまでも疑問を忘れたままではいられない。

「あの方、あんな格好で、しかも一人で立ち止まって大丈夫なのかしら……」

くどいようだが、この辺りは水場である。今も細鈴が真桂の周囲を払っていることからもわかるように、虫が大量にそこらを飛びかっている。秋の声が聞こえたとしても、まだ夏である以上、紅燕が身にまとう衣装は思いっきり薄着。

どう見ても、蚊に我が身を捧《ささ》げにきたようにしか見えない。

「最近あの方、やけに塞《ふさ》いでおいでだったけれど、そこまで思い詰めて……？」

呟く真桂に、細鈴が胡乱《うろん》な目を向ける。

「昭儀さま……仮に思い詰めておいでだったとしても、はかなく散る方法として、どうして蚊に身を晒《さら》すということを選ぶのですか。まだ毒酒を呷《あお》るほうが説得力がございませんか」

「……そうね」

これについては、細鈴のほうが定番というものを理解しているようだった。

ふと、真桂はあることに気づく。

「あの方、微動だにしていないけれど、虫には刺されていない……？」

細鈴も紅燕をまじまじと眺め、「そのようですわね」と頷《うなず》く。

「きちんと対策なさってから、物思いにふけっておいでなのでしょうか」

「物思いって、わざわざ虫に刺されないように準備してやるものかしらね……」

真桂の疑問はまっとうなものだったが、細鈴は別の疑問を持ったようだった。

「どのような対策なのでしょう。なにか特殊なお香《こう》でも、お使いになっているのでしょうか」

「そうかもしれないわね。妃嬪《ひひん》は特技の一つや二つ、持っているものだもの。貴妃さまが長《た》けていてもおかしくはないわ」

獄死したあの司馬《しば》氏ですら、詩吟という最高にお嬢さまらしい特技を持っていたのだから。

「昭儀さま」

不意に細鈴が、真剣な声をあげた。

「貴妃さまを四阿にお招きしますか？」

それは、問いかけのかたちをとった要請である。

「どうしたのいきなり」

「お招きするのであれば、わたくしが行って参ります」

細鈴は答えてはくれなかった。

「……まあ、ここでこそこそ眺めているだけというのは、あとで知られると決まりが悪いわ。一声おかけしたいけれど」

「かしこまりました。ごゆるりと歓談なさって、貴妃さまがどのような虫対策をなさっているのか、お聞き遊ばせ」

なるほど、そういう意図か。

「……あなた、そんなに虫きらいだったかしら？」

すでに四阿《あずまや》から出ようとしている細鈴は、くるりと振りむき、真顔で言った。

「昭儀さま昔から、蚊に刺されるとひどく腫《は》れるじゃありませんか」

――あっ、そのため？

「ふ、ふうん……まあ、そういうことなら、ぜひともお招きしましょ」

むやみに団扇《うちわ》をぱたぱたさせながら、真桂はそっぽを向く。細鈴は真桂のそんな照れ隠しがみえみえの動作を指摘しなかった。

「あ、こちらを忘れておりました」

それは親切心によるものではなく、彼女にとって他に大事なことがあったからである。

細鈴は真桂の空の手のほうに、自分の持っていた団扇を握らせた。

「……これは？」

「すぐ戻ってまいりますので、これも使って虫を払ってくださいませ」

言い捨てると、細鈴はそそくさと立ち去っていた。

残された真桂、残された団扇。

右手に団扇、左手にも団扇。

真桂は扇《あお》ぐのも忘れて、半ば呆然《ぼうぜん》と細鈴の背を見送っていたが、幸いなことに虫に刺されることはなかった。


「李昭儀、まさかあなたもここにいるとは」

傘を細鈴に渡し、差しかけさせながら紅燕が四阿に足を踏みいれた。四阿に残っている提灯をちらと見て、一瞬眉《まゆ》をぴくりと動かしたのを、真桂はすばやく見てとった。

「宮の中は熱気がこもりますもので。涼みに出ましたの」

隠すような事情があるわけではないので、真桂は嘘偽りなく語る。

「そう。ずいぶん暑いようね……その姿から察するに」

紅燕は腰掛けながら、真桂の団扇両手持ちを見て言った。からかうでもなく、いたって同情的なその言葉にかえって気恥ずかしさを感じ、真桂はさりげなさをよそおいながら、片手の団扇を自らの横に置いた。

「わたくしの実家から氷が届いているわ。あとで雨雨《うう》に、あなたの宮へ届けさせましょう」

雅媛の側付きであった雨雨は、雅媛が紅燕の義理の姉になった事情つながりで、今は紅燕の宮にいる。旧主《きゅうしゅ》のことを思いながら、日々熱心に描いているのだという……雅媛から送られてきた「新作」の挿絵を。

「お気づかいに感謝申しあげます。ですがこの後、ご都合が悪くなければ、この細鈴に取りにいかせますわ」

「そう？　わたくしはどちらでもいいけれど」

紅燕が鷹揚《おうよう》に頷いた。その仕草は、母である王太妃に似ていた。

名指しされた細鈴は、閉じた傘を紅燕の近くに立てかけてから、真桂に侍《はべ》っていたが、真桂が置いた団扇を手にとって、主を猛烈に扇ぎはじめる。よもや抗議ではあるまいなと思い、細鈴の顔を見ると彼女は目配せしてきた。

真桂も二、三度瞬《まばた》きをするが、これは目配せへの応答ではない。風が強すぎて、眼球が乾いたからだ。

とはいえ、細鈴の意図はわかった。そういえば彼女に言われていたことがあった。

「この辺りは虫が多うございますわね。貴妃さまもご不快ではありませんか？」

「ああ、それで呼んだの」

紅燕は察しがよかった。手を伸ばして、傘の柄《え》に触れる。

「これの紙に細工をしているから、あまり虫は寄ってこないのよ」

「まあ……」

ふりではなく感心して、真桂と細鈴は傘を見つめた。

「お香による効果ですの？」

「似たようなものね」

「貴妃さまはその道にお詳しいのですね」

「いえ、わたくしはまったく」

さらりと否定されて、真桂は作る表情に困った。

「あら、そうですの……」

「わたくしはそういうのには興味がなくて……ああでも、一族には詳しい娘が一人いるけれど」

一族……ということは、皇族なのだろう。誰なのかしらと、真桂は脳裏に生存している皇族の名を浮かべるが、思いつかなかった。あまり数はいないというのに。

「それとは関係ないわ。調合したのはわたくしの女官よ」

「ではその方が？」

「香児ですか？」

真桂は、雅媛の元へ先日派遣された紅燕の元側仕えの名をあげる。なんというか、彼女の名前からしてその道に詳しそうだ。

しかし紅燕は首を横に振る。

「いえ、香児は傘本体を組み立てるほうね……そうそう、これは夏に入る前に張りかえたのだけれど、絵は雨雨に描かせたわ」

真桂は傘をまじまじと見つめた。遠目には赤一色に見えたが、よく見ると薄墨で吉祥文《きっしょう》様が描かれている。

「まあ……なんと申しますか、揃いも揃って多芸な」

思わぬかたちで、宮内制手工業の内情を明かされて、ちょっととまどう真桂である。光景を想像すると、なかなか異様だった。

しかし雨雨がしっかり溶けこんでいるのはよいことなのだろう。こんな溶けこみ方をしていたとは、予想だにしなかったが。

「……あなた、変わったわね」

女官たちが傘を作る姿を思い浮かべる真桂に、紅燕がなぜか皮肉げな声をあげた。

「つい先日までのあなただったら、『それでは結局、貴妃さまご本人は、なにがおできになるのでしょうね？』とか言ったでしょう」

「…………」

確かにそういうことを言いそうだったので、真桂はなにも返せず、目を虚空に泳がせた……あら、蚊だわ。

「よいことなのでしょ。わたくしたちはいつまでも、娘子《じょうし》の下できゃあきゃあ騒いでいていいものではないわ……」

言って紅燕はふいっと横を向く。あどけなさが多分に残るその顔には、寂寥《せきりょう》と焦燥が色濃く滲《にじ》みでていた。それを目にした真桂は、彼女が独りで佇《たたず》んでいた理由の根っこを悟った。

「そう」ならなければならない。

「そう」なりたくないわけではない。

けれども「そう」なることが、なかなかできない。

彼女からただようそのもどかしさを茶化《ちゃか》すことはできず、さりとて解決法を思いつくこともできなかったので、真桂は礼儀正しく黙っているしかなかった。

「……日差しも和らいだわ。戻りましょう」

沈黙を破ったのは、紅燕だった。彼女が立ちあがると、細鈴が傘《かさ》を持とうとする。

「いいわ。わたくしが持つから」

断る紅燕に、真桂が眉《まゆ》をひそめる。

「迎えは参りませんの？」

「来ないようにと言っているの」

「それではお供させてくださいませ。貴妃さまとお会いしたのに、お一人でお戻りになるのを見過ごすわけにはいきませんわ」

好意の問題ではなく、立場上の問題である。

「それもそうね」

紅燕はそのあたりの機微をわかっている人間だ。大人しく細鈴に傘を渡す。細鈴はさっき紅燕に持たせられていたときとは打ってかわり、熱心に傘を見つめている。それを見て、紅燕が「そういえば」と声をあげた。

「その傘を張るための紙がまだ残っているから、氷と一緒にあげるわ。傘にするほどの量は残っていないけれど、提灯《ちょうちん》にでもなさいな」

「ありがとうございます」

率直に嬉《うれ》しいので、主従揃《そろ》って礼を述べる。それだと昼には使えないのであるが、この問題点についてはおいおい考えていこう。

「提灯といえば……」

紅燕が不快そうに軒を眺める。真桂は苦笑した。

「貴妃さまも、お感じになりましたか」

「昭儀ならどのように対処するつもり？」

試すような問いかけに、真桂は口の端を引き上げた。

「わたくし……このあと、細鈴に銭を持たせて宦官《かんがん》たちの元へ向かわせます」

「銭？」

紅燕が意表を突かれたと目を大きく見開く。

「そしてこう申させますの。『本来ならば叱責《しっせき》のみで終わらせるところであるが、昭儀さまがあの提灯に雅趣をお覚えになった。故にその褒美をとらせよう』と」

紅燕はすっと目を細める。

「……そうであれば、担当の者がわかる、と」

「ええ、そういう怠惰な人間であれば、金に目がくらむこともあるでしょう。それで金を受けとれば、わたくしが取りこむことも可能ですわ」

「そうね……わかりやすい人間は、わかりやすいなりに使い勝手がよいわね」

「罰を与えてからの褒美にいたしますので、娘子もお気を害されないかと」

皇后は罪を功績で帳消しにすることを、あまり好んでいない。そうせざるをえない場合はもちろんあるが、少なくとも今回はそうではない。だからその意向どおりにしたいと真桂は思っている。ついでに手駒も増やせることだし。

「わたくしからも口添えしておきましょう」

「感謝申しあげます」

現在ただ一人の四夫人、しかもその中でも最高の位である貴妃の言葉は、やはり後宮内では強い。

紅燕の宮へ向かいながら、二人はこの後の行事……中秋の宴《うたげ》の準備などについて話しあう。

「娘子はあまり、大規模には行いたくないと考えておいでよ」

「おそらくご自分で采配されるので、手堅く行いたいとお思いなのでしょう」

これまでも皇后が携わってきたことであるが、今回初めて梅花という補佐が無い状態で行うのだ。初めて行うことについて慎重にという姿勢は、真桂も正しいと思う。

それに……刑死とはいえ、皇子が亡くなってまだ一年も経っていないのだから。

高位の妃嬪が減ったから、紅燕も真桂もやることが増えた。皇后はその負担も減らしたいのだろう。

刑死した皇子の生母である司馬元淑妃《しゅくひ》が、なにか役に立っていたわけでもないが、それでも担当を割りふるとその宮の人員が使えたのだ。その点、彼女の穴は決して小さくない。認めるのはなにやら癪《しゃく》であるが。

考えこむ真桂の一歩先を歩く紅燕が、不意に立ち止まった。

真桂もそれに合わせて足を止め、彼女の目線の先を追う。紅燕の真似をしたとでもいうのか、妃嬪が供も連れずに一人で道の端《はし》で跪《ひざまず》いていた。

「誰？」

「才人《さいじん》の一人ですわ。姓は曹《そう》と」

ささやく紅燕に、真桂は耳打ちした。真桂と同時期に入宮した妃嬪で、位も同じだったわけなので、当然面識がある。しかも彼女とは入宮する前から因縁がある……というか、相手に因縁をつけられていた。

紅燕は興味なげに頷《うなず》くと、再び歩きはじめた。真桂もそれに続く。

二人、曹才人の前に立つ。

「貴妃さま、昭儀さまにご挨拶《あいさつ》申しあげます」

「立ちなさい」

紅燕が許可を出すと、曹才人は顔をあげた。泣きぼくろが色っぽい、なかなかの美人であるが、それで真桂がときめくわけがない。その気があったとしても、こいつは願いさげだと思っている。そういう性格の人間だ。

というか真桂からすると後宮は、そういう性格の人間と、そういう性格で皇后が大好きな同士の二区分くらいしかない。あと特別枠で皇后本人。

曹才人は真桂が突然昇級したことを妬《ねた》んで離れていった一人だが、むしろそれで予想どおりといったくらいの人間だったので、推して知るべしというものだ。

「しばらく往来も途絶えていましたけれど、曹の姉さんにおかれましては、お元気でしたか？」

今や位の差があるとはいっても、年齢差だとか元々の付きあいは無視できない。だから妃嬪は公の場以外では、自分のほうが上位であっても、付きあいのある年長者に対して「姉」と呼びかける。

特に真桂はあまり親しくない者に対しては、このように呼ぶ。隔意をあまり表に出したくないからだ。決して、皇后を「お姉さま」と呼ぶ機会を逸した悔しさの反動によるものではない。そう、決して。

「もちろん。昭儀さまこそ、わたくしをお忘れだったのでは？」

棘《とげ》を含んだ挨拶に、同じく棘を含んだ挨拶を返されて、真桂は彼女がまだ自分に敵意を持っていることを悟った。

ならばなぜここにいるのか……紅燕に近寄るためだ。

「そのようなことはありません。よろしければ、お茶でも楽しみませんか？　実家から珍しい茶葉が届いたのよ」

この女を誘ってなんの益もないが、紅燕に近づけたい人間ではない。害はないが、とことん不愉快な人間だ。

「まあ光栄なこと。けれどもわたくし、もっと重要な用事がありますの」

紅燕を守ってやるいわれはないが、彼女の母には世話になっているので、一度は引き離してやろうと試みたが、露骨にかわされてしまった。

「あら、わたくしたちの仲を深めることよりも、もっと大事なご用事とは？」

「賢いあなたならおわかりでしょう？　あなたよりも貴い方とお話をしなくてはならないの」

「それはそれは……娘子《じょうし》にお近づきになるにしては、いささかならず遅いのではないでしょうか？」

言葉の端々にいやみをこめる真桂に、曹才人は艶然《えんぜん》と微笑むだけで、なにも言わなかった。

真桂は紅燕をちらと見る。軽く肩をすくめる彼女に、真桂は「わたくしは離れておりましょうか？」とお伺いを立てる。

「いいえ。旧交を温めるといいわ」

つまり、一人で曹才人の話を聞くつもりはないということだ。これは曹才人にとっては予想外の言葉だったのだろう。紅燕の反応を見た曹才人は、目線をさまよわせる。紅燕と真桂の顔を交互に見て、少し思案すると口を開いた。

「ご存じでしょうか？　皇子が生きているという噂があることを」

真桂は軽く息を吸い、吐いてから口を開いた。

「もちろん皇子は今もご息災よ。紅霞宮で」

「まあ、慧敏《けいびん》な昭儀さまとも思えないお言葉だこと」

わざと言ったことに対し、本気の侮蔑《ぶべつ》をぶつけてくる曹才人に、少なからずいらいらする。この女のそういうところが嫌なのだ。最近賢い人間を中心に付きあっていたので、忘れていた感覚だったが、できれば二度と思いだしたくなかった。

「先に刑死したとされる憐《あわ》れな皇子がご存命なのだという噂があるのよ」

「噂ですって？」

真桂の声に冷笑が混じる。

「それは妄《もう》言というものよ」

最低限の礼儀も言葉尻《ことばじり》から取りはらうと、曹才人の声に剣が混じる。

「なんですって？」

「仮にも『才人』の位を賜っているというのに、そのような浅はかな噂を真に受けるとは。あなたが貰い方とやらにお示しになりたいのは、己の愚かさかしら？　それで『才人』の位を返上するように仕向けたいのであれば、まあたいそう……己の分をわきまえているものだわ」

つい先日まで紅燕相手にしか発揮していなかった毒舌が、勢いよく火を噴く。その火を真っ向から受けた曹才人の顔がどんどん紅潮していくが、正直つまらなかった。紅燕相手ならもう少し手応《てごた》えがあるものを。

「あなたごときにはわからないでしょう、これがどれほど大事なことか！　そうはお思いになりませんか、貴妃さま!?」

紅燕に訴えかけてくる曹才人に、紅燕は淡々と返した。

「お前はなにさまなの？」

「え……？」

「わたくしの許可を得ず、わたくしに話しかけ、貴妃であるわたくしの前で上位の妃嬪を『ごとき』と申すとは。そのようなことができる身の方は、ただ一人のはずよ」

「あ……」

横で聞いてた真桂は天を仰いだ。合わせ技でここまで自滅する人間はそれほど……いや、上回る人間がいた。司馬氏だ。

それに比べればこの女はまだかわいいほうだった。

「追って沙汰《さた》あるまで、自室で謹慎なさい。その間その不快極まりない『噂』とやらを、この後宮で他の者が語ったならば、お前の身がどうなるかよくよく考えておくことね」

青ざめて跪く曹才人を一瞥《いちべつ》もせず、紅燕は歩き出した。

「李昭儀、来なさい」

「はい」

しばらく歩くと、紅燕が忌々《いまいま》しげに呟《つぶや》いた。

「やることが増えたわね」

「今拘束しなくてよろしかったのですか？」

「しばらく泳がせておくわ。もちろん部屋に見張りはつける。他の者が『噂』とやらを語らなければ、あの女だけ探って処分すればいいわ。他の者が語れば、お互い疑心暗鬼に陥らせて根の所を引きずり出す。または見せしめとして綱紀を締めるのもよいでしょう。あとは……」

「あとは？」

言葉を詰まらせる紅燕に、真桂が問いかけると紅燕はぐるっと辺りを見回す。

「現状、どうやって拘束できたというの」

紅燕、真桂、細鈴の三人しかいない。

「わたくしの正拳突《せいけんづ》きは……」

「おやめ」

「おやめください」

ずっと黙っていた細鈴にまで止められてしまった。真桂の正拳突きの力が発揮される日は遠い。

「ともあれ、わたくしはこれから宮に戻ってあの女について手配をはじめるわ。李昭儀は娘子《じょうし》にご報告して、ご許可をいただいてきて」

「貴妃さまはあの妄言が事実だとお思いで？」

「わからないわ。けれどもあんな話題、普通ならあの程度の女の頭に降ってくるとでもお思い？」

「思いませんわね」

仮に思いつける頭だったら、今日真桂がいる前で話をしなかっただろう。別の機会を待つくらいのことはしたはずだ。

「そのわりに、貴妃さまが一人で行動したことをわかっている風情でした」

「そう、それよ」

紅燕はなにやら忌々しげに吐きすてた。自分が孤独に浸っている様子を、むやみに知られたくなかったのだろう。

「なにもないなら、なにもないでいいのよ。けれどもそのご判断を下すのは娘子、そして大家《たいか》よ」

「かしこまりました」

※

小玉が曹才人という妃嬪のことを認識したのは、真桂と、やや遅れて紅燕の報告を受けてからのことだった。

紅燕に接近しようとしたこと、真桂に撃退されたこと、廃された皇子である鳳《ほう》の生存説を唐突に打ち出したこと……。

二人とも包み隠さず事情を説明したので、曹才人の醜態も小玉は聞いている。他人の話を聞いただけで自分の中の人物評を確定させるのは愚かしいことだが、曹才人が賢さからほど遠い人間であることは小玉にもわかる。

そんな人間であれば警戒する必要はない……なんてことはまったくない。なぜならそういう人間は他人に利用されやすいからだ。あるいは本人が愚鈍を装っている可能性だってある。

書斎の椅子に腰掛けて物思いにふけっていた小玉は、ここで近くに侍《はべ》っていた杏に目を向けた。

「杏は、梅花から曹才人のことをなにか聞いていた？」

――はい。

梅花が遺《のこ》した人材である杏は、頷《うなず》くことで小玉の期待に応えてくれた。

彼女は砂の入った箱を持ってきて、文字を書きはじめる。時間はかかるが、彼女との「会話」は、盗み聞きされる恐れが減るという長所がある。砂はすぐ字が消せるので、手紙と違ってあとに残らないのもいい。

――李昭儀の実家に借金をしている家の出身で、才人同士だったころは折り合いが悪かったと。

「だから曹才人は、あたしに近づかなかった？」

――おそらく。特にあの方が昭儀に昇格した後は。娘子につくと、どうやっても彼女の下風に立つことになります。

確かに真桂は、皇后派の妃嬪の中でも指導者的な立場にあった。清喜に言わせると「扇動者と表現するほうが正しいような……」らしいが、とにかく先頭に立って、いや突っ走ってきたような人間だ。そして根が善良というわけでもないし、気だって強い。

彼女のことを嫌う人間は間違いなくいると小玉はわかっている。それは小玉個人の真柱に対する好感とはまったく関係のない人物評だ。

「どう見ればいいかしらね……気骨があると表現してもいいのかも」

小玉の言に、杏は解せないとでもいうように首を傾げた。小玉はちょっと苦笑した。

武官時代の、特に十代後半から二十代前半にかけての経験上、小玉は図抜けて出世したときの周囲の反応というものをよくわかっている。

下位の人間が同格になれば、貶《おとし》めたり引きずり落とそうとする。上位になればそれをこっそり行いつつも、擦《す》りよろうとする。大体はそんなところだ。特に後宮の人間は利にさとい。

小玉が充媛《じゅうえん》から賢妃《けんぴ》に、賢妃から皇后にとずんどこ昇格したときだって、上辺はとりつくろいつつもそんな感じだった。ただ、これまで小玉みたいな人間が後宮にいなかったための戸惑いで、手が緩められた感はあるが。

あれは今思えば幸運だったと小玉は思う。もしくはその感情に乗じて、梅花が手を回してくれたのかもしれない。中には、まったく手を緩めなかった司馬元叔妃みたいなのもいたが、当時の彼女はほらまあ……残念な感じだったのであんまり問題はなかった。

彼女のあからさますぎる嫌がらせのせいで、小玉が皇后に立てられてしまったのは問題といえば問題だったのだが。

小玉個人に対しての問題ではない。後宮の、国自体の問題だ。

他人の生きがい、そして守るべきもの、それらを踏みにじることは悪いことなのかと言われたら、十人中七人は「悪いことだ」と答えるであろう。残り三人ぐらいも「状況による」だとか、「どうしても回避できないのであれば仕方がない」だとか言葉の緩衝材を周囲にはり巡らしつつも、「よいことだ」とは決して言わないはずだ。

さてその観点からすれば、後宮において皇帝を独占するというのは、れっきとした「悪いこと」である。特に小玉のようなやり方は。

後宮の女たちは、皇帝の歓心を買うことを至上の目的としている。そのこと自体の善悪は、この場合関係がない。「そのために設けられた場」に集う人間として、ほとんどの女たちは、「そのために必要な心得」を授けられている。そして「そのための努力」をしている。

それを私利私欲のためではないかと片づけてしまうのは、背景を知らない人間のやることだ。彼女たちはその私利私欲のなかに、家族の、祖先の名誉を含めている。家族の、それに仕える者たちの生活を含めている。

彼女たちの性格が悪ければ、その努力自体を踏みにじっていいわけではない。そもそも妃嬪という妃嬪がすべて悪辣《あくらつ》というわけではない。

権力を握ることに必死にはなっているものの、またはそれで歪《ゆが》んでしまった者もいるものの、生粋の悪人ではなかった者だっている。家柄はよくても生活が危ない家から送りこまれた娘も。皆自分の背負うもののため、修羅になっているのだ。

彼女たちが成功すれば、それらすべてが保障される。そのかわり後宮は、すなわちこの国は皇族の血脈を後代に残すことができる。

つまり後宮と妃嬪は本来、利害が一致した関係なのだ。

その関係は、当今の御代《みよ》においては崩れている。皇帝は今や子を求めていない。皇后は妃嬪の戦いとは別のかたちから皇帝を独占している。

それはある種美しいかたちなのかもしれない。だが、後宮の目的を、そのために人生を捧《ささ》げに来た娘たちを踏みにじっている。進んで皇后につき従っている者がいたとしても、だ。

これが後宮で得たなにかを守るために皇帝を独占しているのならば、まだ許される。それは戦略の一つだからだ。勝負の世界だからだ。

それをよしとすることを小玉は無意識下で避けていた。意識した後も避けていた。けれどももう、決めてしまったのだ。

——あいつは、あたしのものだ。

そう思った瞬間から、小玉は罪を背負うことになったのだ。若く美しい娘たちの人生を無駄にすること、その背後にある家族に苦労させること、長じればその者たちに仕える人間を路頭に迷わせること。そしてそれをどうにかしてあげられないこと。

小玉には後宮という世界に風穴を開けることはできない。なぜならばそうしたあとの将来に責任が持てないからだ。今はまだいいかもしれない、しかし後の世代に風穴が広がって、皇族の血脈を、国自体を潰《つぶ》したとき、小玉には償うことができないのだ。

小玉の皇后としての役目は、次の世代に「皇后」というものを引き渡すことだ。皇后として後宮の在り方を踏みにじっているというのに、そこだけまっとうするのはおかしいだろうか。都合がいいだろうか。

けれどせめてそれだけは、と思っている自分がいる。

そしてもう一つ、きちんとまっとうしなくてはならない問題がある。

小玉はため息を一つつくと、立ちあがった。

「大家のもとへ参ります。支度を手伝って」

——はい。

うなずいた杏は、砂に書いた字を消した。

皇子であった鳳にかかわることは、皇后である小玉の問題でもある。

※

身なりを整えた小玉は、清喜を伴って文林の宮へ向かった。

「大家は御執務中でございます」

昼前のもっとも忙しい時間だ。怪訝《けげん》な目をした宦官《かんがん》にやんわりと断られたが、小玉は引かなかった。

「存じています。押しかけた身ですから、ここで待っています」

小玉は本当にそうなっても構わなかったが、さすがにそんなことはさせられないようだ。

応対の宦官は一度ひっこんだ。

さほど時間をかけず戻ってきた宦官は、小玉に深々と頭を下げて告げた。

「大家が昼餐《ちゅうさん》を共にせよと仰せです」

「……かしこまりました。陪食の栄に感謝申しあげますとお伝えください」

今の文林は、昼食を摂《と》る間しか時間がとれないということだ。横紙破りをした後ろめたさを感じながら、小玉は案内する宦官の後ろに続いた。

「ここでお待ちを」

通されたのは食事のための部屋だった。卓上にはすでに冷菜が並べられて、あとは蓋《ふた》をとるだけという状態だった。

部屋の四隅には、給仕のための宦官が控えている。促され、小玉は着座する。小玉のための椅子と箸《はし》は、間違いなく急遽《きゅうきょ》準備されたのだろう。

ふと気づいて、小玉は声をあげた。

「清喜」

「はい、娘子《じょうし》」

背後に控えていた清喜が近づく。

「紅霞宮に戻り、今日は昼餉《ひるげ》はいらぬと伝えなさい」

「御意」

人目があるので、主従揃《そろ》って「おりこうさん」な言葉づかいである。

おそらく紅霞宮ではもうとっくに昼食の準備をしているであろうが、これについてはあまり問題ない。皇族や妃嬪《ひひん》の食事は、仕える者に下げ渡すのが前提であるため、いつも多めに作っている。小玉がいなかったとしても、全員の取り分が一口か二口分増えるくらいだから、余ることはまずない。

退出する清喜を目で見送り、小玉は待ちの姿勢に入った。あまりにもやることがないので、小玉は食卓にかけられた布に刺繡《ししゆう》された五房の葡萄《ぶどう》の粒を数えはじめる。

最初は数える途中で茶を出されたのに気を取られてしまって、どこまで数えたのかわからなくなってしまった。数え直して八十一、しかしもう一回数えると八十二、更にやりなおして七十九だった。やる気なく数えると、だいたいこういうことになる。でも時間はつぶせた。

「これは娘子」

五回数えなおして、葡萄の粒が八十二粒であることが確定したところで、首席太監《たいかん》が入室してきた。

手には点心を載せた盆《ぼん》。

「久しぶりですね」

最近文林がなかなか紅霞宮に来ないうえ、彼を伴うことがなかったため、顔を合わせるのはそれこそ梅花の葬儀以来だ。

「先の、わたくし付きの女官の葬儀の際にはよくしてくれましたね」

本当はもっと率直に「ありがとう」と言いたいのだが、立場と場所と人目に配慮するとこういう言い方しかできない。

梅花の死後のあれこれは、実質、彼と梅花の旧友である徐麗丹《じょれいたん》が取り仕切ったようなものであった。

小玉は彼と梅花との関係を、麗丹との関係ほどはよく知らない。しかし葬式にこういう表現が似合わないのは百も承知であるが、梅花の葬式はとても「いいお式」だったので、それに携わった彼も梅花にとって「いい人」だったのだろうと思っている。

「もったいないお言葉でございます」

うやうやしく頭を下げた相手は、「大家は間もなくお見えになります」と告げ、小玉へ茶を出して去っていった。

茶、そして点心を出された時点で察してはいたが、「間もなく」というわりにけっこう待たされ、茶杯が空になったころ、宦官を引き連れた文林が現れた。

小玉は立ちあがって跪《ひざまず》く。

「待たせたな、皇后」

「めっそうもないことです。貴重なお時間を割いてくださいましたのに」

文林は怪訝な顔をしながら、周囲への指示のため片手をあげる。

「よい。お前たちは下がれ。今日は汁物は出さなくていい」

さすがに皇帝の命令に対して、「給仕をしなくてもよいのですか」などと聞き返すような人間はおらず、文林の供と部屋で待機していた宦官たちが皆部屋を離れた。

「……誰もいないか？」

小玉は念のため、部屋の外を確認して人影がないことを確認した。

「いない」

そのうえで懐から袋を取り出し、木の実を撒《ま》いた。洗濯などにも使われる無患子《むくろじ》というそれは、乾いたものを振れば中で種がからからと音を立てる。だいぶ派手な音なので、こっそり排除して接近するのは難しい……気休めに近いものではあるが。あと、回収が大変ではあるが。

「それでお前、立ったときにからから鳴らしてたのか」

持っている小玉は当然、無患子の音を身に纏《まと》いながら移動していた。怪訝な顔ばかり向けられたのはそのせいである。「なんのまじないかと思った」と、文林は呆《あき》れたように呟《つぶや》く。

「それで？　そこまで念入りに人を寄せつけないようにしたということは、よほどのことなんだろう」

時間が少ないことを知っている小玉は、手短に告げる。

「鳳が、生きているという噂が、後宮に」

「御意」

文林はなにも返さなかった。驚く様子も見せなかった。

「心当たりがあるの？」

「お前の耳にも入ったか」

「もう摑《つか》んでいたの？」

「これまでは妄言だと思っていたがな」

文林は「ふん……」と鼻を鳴らすと、「なかなかにしぶとい」と呟いた。

「なにがあったの？」

「父親のほうの司馬氏が市井で動きはじめたという報《しらせ》を受けた」

「生きてたの……」

感嘆とも呆れともつかぬ小玉の呟きに、文林は「俺も同意見だ」と不機嫌そうに言った。

「不機嫌」程度ですんでいるのはおそるべき自制の賜物《たまもの》だ。

彼は司馬元尚書《しょうしょ》を、死罪よりも辛《つら》い死に方をさせるために市井に放りなげたのだ。司馬元尚書の処遇に対しては、廷臣からさして反発がなかったと聞く。それが実際「辛い」ことだと皆わかっていたからだろう。もしかしたら政敵の中には、自分の手で……と思った者すらいるかもしれない。

ところがどっこい、司馬元尚書はそれらの命の危機をすべて跳《は》ねのけて、自分から攻勢に出ようとすらしているのだから、その生命力たるや蜚虫《ごきぶり》もかくやというものだ。

なお蜃虫は黒くつや光りしてかさかさ動き、一匹見れば実際には三十匹くらいいるとされる虫である。血行改善の効果ありということで、薬にも用いられることもある。今現在、文林の頭に血を上らせて、血行改善に寄与している司馬元尚書の比喩《ひゆ》としてはこのうえない。

「ところで、その後宮でのその噂の出所はどこだ？」

「妃嬪の一人よ。曹才人。彼女が誰かから聞いたかどうかは、今確認中」

「処分は」

「禁足」

手短な問いに手短に返すと、文林は満足げに頷《うなず》く。

「それでいい」

小玉は曹才人のことを「知ってる？」とは聞かなかった。この男なら、知っているに決まってるからだ。

「曹才人な……」

文林は箸を止めて、目を眇《すが》める。

「彼女の関係者が、司馬一族の件でかかわってるの？　父親とか」

「いや、それはない」

文林は首を横に振る。

「鳳の件に関しては、妃嬪の直接の親族はかかわりを持たせないようにしたはずだ。利害が絡むからな」

「そう……でもたとえば、元淑妃や鳳への賜死《しし》を知らせた使者とかともつながりはないの？」

文林は顔をしかめた。それは小玉が、文林の不興を買ったからというわけではないようだ。

「どうした。お前にしては目配りがきいている」

小玉は苦笑した。褒められている気がしないうえに、仮に褒められていたとしても、自分がその評価に当てはまらないと思っているからだ。

「ぜんぜんよ……自分で裏がとれないだろうからって、あんたに聞いてる程度だから」

現状、おそらくは文林のほうが後宮の情勢に近しい。けれどもそれは本当ならば、異常事態だ。

「そうだな……」

文林も苦笑する。おそらく自分たちの脳裏には、同じ人間が浮かんでいることだろう
――梅花。

「今、後宮の中であんたの子飼いはどれくらいいるの？」

「二、三人だ」

それは小玉の予想よりも少ない数字だった。

「誰なのか……教えてはもらえない感じね」

念のため確認する。もし小玉が知ってもよい情報ならば、とっくに知らされているはずだ。

「すまないな。俺はお前のことを信じているが、お前の周囲まで信じているわけじゃあない」

「わかってる。それでいいんだと思う」

自分だって文林を信じているが、その周囲——たとえば先ほどの首席太監のことまで信じているわけではない。文林だって清喜のことを心底信じてはいないだろう。小玉だって、色んな意味で清喜を信じられないことであるし。

それに信のおける間諜《かんちょう》というのは、おそろしく貴重な存在だ。皇帝としての文林にとっては、もしかしたら小玉よりも重要度が高いかもしれない。そんな宝物のような存在を不用意に損なうような真似はさせられない。

「曹才人のことは、よく見ておく」

「頼む。こちらからも調べさせはする」

「司馬元尚書については、どうするの？」

文林は思案げに顎《あご》を撫《な》でた。

「早急《さっきゅう》に捕らえるか、しばらく泳がせるか……この際泳がせて、司馬が動くのを待ったほうがいいかもな」

「それが鳳の生存説とどうつながる？」

小玉はやや焦《じ》れながら、質問を重ねる。

「もし鳳が生きていたとしたら……司馬氏は必ずあれを担ぎだす。そうでなければ挙兵の根拠がなくなるからな」

「なら……司馬氏を泳がせるのね？」

この発言は問いではなく、確認の意図を込めていた。

文林は頷く。

「ああ。そして挙兵の際にはお前に動いてもらう」

「……わかっ、た」

一瞬言葉に詰まった小玉に、文林はため息まじりに言った。

「お前に、もう一度鳳を殺させてしまうかもしれない」

「……うん」

暗い雰囲気が漂うところ、文林が「さて」とどこか芝居がかった声をあげた。

「食事にするか。誘いに乗った以上は、お前も食べろ。その前に廊下の掃除か」

「うん」

小玉もなんとか笑みを浮かべてうなずいた。袖《そで》の中からほうきとちりとりを取りだしつつ。

それでも払拭《ふっしょく》しきれない暗い雰囲気を払拭したのは、食事の中身だった。

ただし暗くはあった。

色が。

蓋《ふた》の下から出てきたのは、黒ごまを使った料理、黒豆を使った料理、黒米を使った……共通するのは、全体的にやけに黒いということだ。あと趣向が凝らされているというのもあるが、それはいつものことなので触れるまでもない。

小玉はさすがに意表を突かれた。

「あんたの食卓、やけに黒いけどどうしたの？　不足した腹黒さを補給するの？」

「それはわざわざ摂取しなくても、まだ自前のでまにあってる」

それにしたって、異様なほどの黒さである。食べられれば問題ないと考える小玉であるが、だからといって常とは違う状態に疑問を抱かないわけではない。

「そろそろ真剣に髭《ひげ》について取り組もうと思ってな」

……ということは、

「うそ、もしかして樹華、夢に出てきたの!?」

先日、文林が樹華に祈っていた内容を思い出し、小玉は卓に手を叩《たた》きつける勢いで問い詰めた。

だとしたら文林に、髭の素質を見出《みいだ》したということになるのか。しかし文林は、「いや、いや」と手を振る。

「出てきたのは違う奴。復卿《ふくけい》」

「なんでさ」

復卿とは、小玉のかつての部下の一人で、文林とも親しかった人間だ。文林は「あいつが馴れ馴れしかっただけだ」などと言うが、この文林に馴れ馴れしくできるということ、そしてそれを許されていたという時点で、小玉は二人の固い友情を疑っていない。

そんな彼は訳あって女装していたため、その手の情報には詳しかった……それにしても、「訳あって」という表現はよいものだ。女装の訳の内実がどれほどくだらなくても、なんとなくそれで説明できたような気にしてくれる。

しかし女装に精魂傾けていた復卿は、髭に関しては門外漢のはずだ。それどころかいつも、髭の剃《そ》り跡が目立たないように気をつかっていたから、むしろ髭を敵視していたはずである。

「三日前、夢に復卿が出てきて『美髪には黒いものだぞ』と言った」

「ねえ、『髪』の話じゃなかったよね。『髭』の話だったよね」

「俺も起きてから、そう思った。しかし、だ。思えば髪と髭は、頭の上から生えるか、下から生えるかの違いしかない。原理としては同じようなものだろうと考えた」

「そうかなあ」

小玉は懐疑的だ。しかも「美髪には黒いものだぞ」は、復卿が生前たびたび言っていた言葉だ。髭を生やしたいあまりに、文林が記憶から呼び起こした髭との関連情報を、夢で見ただけな気もする。

「にしたって、なんでそんなに髭求めてるの。長い付きあいだから、昔から気にしてたのは知ってるけど」

髭を生やしても貧相にしかならない自分を、文林は昔から気にしていた。しかし最近はそれがかなり顕著な気がする。

「先日外に出たとき、宦官《かんがん》に間違えられてな……」

「あー」

心なしか悄然《しょうぜん》とする文林に、小玉はかける言葉が見つからなかった。宦官は髭が生えない。

「さすがにこの年で髭がないと、格好もつかない」

文林は皇帝だ。一番格好つけなくてはならないご職業である。二番目くらいに格好つけなくてはならないご職業である小玉には、よくわかった。

「わかる……あたしの付け毛みたいなもんでしょ」

これはもう、どっちが好きとか嫌いとか、似合うとか似合わないとかの問題ではなかった。しかも本人の個人的な嗜好《しこう》からいっても、ぜひ髭が生えてほしいようなので、彼の願いが無事にかなえられますように……と小玉も願った。

「食べるか……」

「いただきます」

箸《はし》を取る文林に、小玉もならう。内心で、もし彼が髭育成に失敗したら、付け髭について提案してみようと思いながら。

小玉の付け毛の改良に余念がない紅霞宮の女官たちなら、付け髭の開発もできる気がするから。


食事を終えた小玉は、文林が退出するのを見送った。

彼は部屋を出る前、一度立ち止まった。

「皇后」

「はい」

「鴻《こう》を立太子する」

「……はい」

まるで言い逃げのように去っていく文林の背を、小玉はじっと眺めた。

※

まるで言い逃げのようだった、と文林は自嘲《じちょう》する。

だがこれしかないのだという結論は未《いま》だに変わらない。

小玉より先に自分が死んだときのために手を打つならば、それは非常に単純な答えにしか行きつかなかった。

小玉を大事にする人間を次の皇帝にすればよい。

申しぶんない候補もいる……鴻だ。

だがそのために鴻を次代の皇帝に推しあげることは、文林にとって帝位を完全に私することであった。文林はその事実に忌避感を覚える。

小玉を皇后に立てたことといい、これまでも公事に私情をからめたことはあった。けれども文林にとって最優先は国事であった。

だが小玉のために皇太子を決めたとなると、それは完全に覆る。ひどい裏切りだ。先帝《せんてい》である又甥《またおい》と、皇帝の——国のために自分を使ってほしいと言った小玉に対する。

　もし小玉のために鴻を即位させるのであれば、彼を早期の段階で太子に立て、しかるべき教育を受けさせねばならない。だが鴻の立太子は、彼の命を格段に危機に晒《さら》すということだ。それで鴻が死んでしまったら、文林には手持ちの皇子がいなくなる。

　かといって新たに子を儲《もう》けることは悪手だ。まず皇子が生まれるかどうかわからず、それが成長するまで文林が存命であるとは限らず、なにより生まれた皇子が小玉に好意を持つとは限らない。

　最後の要件については、もちろん小玉が生みさえすれば解決する……出産に小玉の身体がもつのかは別の問題として。だがこれは悪手中の悪手だ。

　小玉が皇子を生んだ場合、文林の崩御後に遺《のこ》るのは、皇后に育てられた庶子の兄と、皇后腹の弟……字面だけで諍《いさか》いしか連想できない状態だ。仮に弟のほうが成人前であれば、事態はますます泥沼化するであろう。

　ここに小玉、鴻、生まれるかもしれない皇子が個人的に良好な関係を築いているかどうかは、まったく関係がない。本人たちの意思とは裏腹に政争が起こる。これはどちらが帝位についても、確実に。

　鴻が即位すれば庶子の身でと、小玉の子が担ぎ上げられる。小玉の子が即位すれば、兄を差し置いて……と逆の状況になる。

このとき小玉は動けない。両者の間で板ばさみになるからだ。むしろ小玉の存在こそが二人の命を脅かす。小玉は皇弟の母としては力を持ちすぎ、皇帝の母になるには力がない……特に生家に。だから子どもたちがどちらの立場になったとしても、彼女の存在自体が子どもたちを脅かすのだ。

ならばどうするか……皇太后となった小玉は、子どもたちに言い含めたうえで、きっとこうする。

まず、鴻を帝位につける。そのうえででっちあげた罪の償いを告白して自害する。皇帝となった鴻は亡き小玉の皇太后の位を剝奪《はくだつ》して、文林の妃嬪《ひひん》の一人に降格する。位の変動は理由さえあれば、死後にも行われるものだ……鴻の生母の安徳妃《あんとくひ》のように。

小玉が降格すると、その子は庶子の扱いになる。すると庶子の兄弟同士ということで、兄である鴻の即位が順当なものになる。あとは小玉の子を地方に飛ばせば、兄弟の命は守れる。

めでたしめでたし……小玉にとってだけ。

――最悪じゃねえか。

文林は内心で毒づいた。想像しただけで、吐き気を催す。だが文林がこの悪手中の悪手をやらかした場合、彼女が選ぶであろう道は、間違いなく最善のものだった。

ならばまだましな手……他の女との間に子を作るということについては、それこそ小玉が邪魔になる。文林に子の生母を殺させないという点において。

小玉以外の腹から生まれた子が、小玉を守るかどうかは怪しいものだ。それこそ鴻のように、赤子のころから小玉に育てられないかぎり。

だが今、後宮の実権を握りつつある小玉が、妃嬪への害を、たとえ文林相手であったとしても見過ごすことはないだろう。

仮にその目をかいくぐりおおせたとしても、文林の死後子どもが真実に辿《たど》りついたとき、その子どもはかえって小玉の害になるはずだった。

実際、自分が新たに子を生《な》せるかどうかを考えると、文林は顔を覆いたくなる。おそらく今はできる。この上なく苦痛であるが。

結局、自分は女と義務感で寝るのは嫌なのだ。

翌月、吉日を選び鴻を太子に立てるという意向が、廷臣たちに告げられた。

それはすんなりと受け入れられた。

裏にさまざまな思惑があったとしても。


「いやだああ!!」

すんなりと受け入れなかったのは、当の鴻だった。

鴻は、元から立太子を嫌がっていた。皇太子になると、後宮から出て別の宮に行かなくてはならないとわかっていたからだ。ひとえに小玉と離れたくない一心で、彼はぎゃんぎゃん泣きわめいた。

「皇子。わたくしは同じ宮城にいますから」

「でも広い！　遠い！」

鴻の言い分は正しかった。しかも昔小玉が思ったのと同じ内容だった。確かに広いし、遠い。

「いつでも会えますよ。わたくしは嫡母ですから」

「でも夜いっしょにねてもらえない！」

これもそのとおりだった。

「でも皇子、わたくしたちは一生一緒に眠るわけにはいかないんですよ」

うっかり正論で返してしまった小玉だったが、それは鴻の嘆きという炎に油をぶちこむだけだった。

「うあああん!!」

さらに激しく泣いた鴻は、泣き声の最後のほうは呼吸が苦しくなったのか、「う、あ、あ、あーっ！」とやけに弾みをつけた泣き声になってしまい、結局その日小玉は鴻と一緒に眠った。

「お前それでそんな寝不足な顔してるのか」

小玉の顔を見た文林が呆《あき》れと感心の混じった声をあげる。

「まあね……」

小玉は疲れきった声をあげる。小玉は寝不足だし、鴻は泣きすぎで水分不足である。小玉から片時も離れたくないという彼を無理やり昼寝させて、自分は文林のところまでやってきた。

宮に帰ったら、しっかり睡眠をとって完全に回復した鴻にまた泣かれるのだろう。自分はまったく回復していないというのに……。

「あれだ。俺の二度目の出征のときみたいな顔してるぞ。ちょうどお前が雯凰《ぶんおう》の護衛やった時期の」

「あー、あのときも大変だったね……」

あのときと比べると格段に体力が落ちている小玉にとって、幼児の全力の駄々の対処は、いっそあのときよりも大変かもしれない。子育てもまた、戦場に身を置いているようなものだ。今回はちょっと特殊な事例ではあるが。

「わかった。俺が説得しよう」

文林のその言葉に小玉は、寝不足で幻聴を聞いたのだと思った。帰ったら鴻の相手を乳母と杏に任せ、少しでもいいから休もう……そう思ったのだが、

「おい、聞いてるのか？」

「え、文林今なんか言ってたっけ？」

「『俺が鴻を説得しよう』と言ったんだ」

小玉はゆっくりと右手をこめかみに当てた。だめだ。眠すぎて頭が全然動かない。

「文林、『説得』って言うのは、恐喝とは違うのよ」

「それを言うなら『脅迫』な。あと俺は、言葉どおりの意味で説得する」

「どうだろう……大家がお持ちの字引って、説明文が長すぎて拡大解釈まで書いてるからな～」

「項目によっては拡大解釈しか書いていない娘子《じょうし》がお持ちの字引に比べれば、はるかにま

しだ」

ぐうの音も出ない。眠くて頭が動かないというのもあるが。

「じゃあ……いいよ、呼んでくるよ」

踵《きびす》を返そうとする小玉を文林が制止する。

「皇后がなに使いっ走りみたいなこと言い出すんだ。今使いを出すから」

——これはひどいな。

文林の率直な感想である。息子の顔に対する感想としては、文林もたいがいひどいのであるが。

連れられてきた鴻は、数日散々泣いた名残でなのか顔をぱんぱんに腫《は》らしていた。しかし小玉の姿を認めると、傍目《はため》にもわかりやすく目を輝かせる。

「皇子、大家にご挨拶《あいさつ》を」

小玉に促されると、鴻は気の進まない様子で跪《ひざまず》いた。

「父帝へいかにごあいさつもうしあげます」

「皇后。皇子の乳母とともに下がれ……皇后は疲れている。休んでいる間、側に控《ひか》えていろ」

言葉の後半は、乳母に向けた言葉だ。

「大家！」

小玉が抗議の声をあげるが、文林は有無を言わさぬ口調で言う。

「二人で話をしたい」

「……かしこまりました」

しぶしぶといった風情で小玉は、鴻の乳母とともに去っていった。

あとに残されたのは、文林と警戒心むき出しの鴻のみだ。

「鴻」

「はい」

「お前は母上のことが好きか？」

「はい！」

間髪《かんはつ》を容《い》れずの肯定だ。常の文林に向ける口調とは真逆の、明るい声だった。

その鴻の目をひたと見つめて、文林は問いを重ねる。

「お前は母上のことを守りたいと思うか？」

「……はい」

なにかを感じたのか今度の鴻は静かな声で、けれどもさっきと同じくはっきりと肯定した。

「母上には敵が多いことを、お前は知っているか」

「……なんとなく」

困惑した様子ながら、鴻は頷《うなず》いた。

「ならばお前は力をつけなくてはならない」

「ぼくはもうすぐ、剣のつかい方をおぼえます」

「そういう力以外にも必要な力だ。俺が持っているのと同じ力だ。俺がいなくなってしまったら、その力で母上を守れる者がいなくなる」

「…………」

鴻は言葉を発さず、文林の目をひたと見つめかえした。文林の眼の奥の真意を探るかのように。

「ぼくは、そのために太子になるんですか？」

「そうだ」

「…………」

今度の沈黙はだいぶ長いものだった。再び文林の目を見つめてくる鴻の目の中に、文林は葛藤《かっとう》や思案を見てとった。

それは人間のものだった。

文林はこのとき初めて、息子を人間として意識した。

赤子や幼児というものを、文林は苦手としていた。理解のできない生き物としか思えなかったからだ。もちろん人間であれば、相手のなにもかもを理解できるなどと思いあがっているわけではないし、小玉のことだって理解できていない。だがそういう理解のできなさとは次元の違うものだった。

たとえば昆虫のような。それだけならば文林だって、接しようはあるのだが、時折不気味なくらい人間に近い動きをするのが苦手だった。

文林にとって乳幼児は、この世でもっとも得体の知れない生き物だった。幼少期から触れることがあればまた違ったのであろうが、幸か不幸か文林はそういう機会は一度もなかった。

文林が初めて接した子どもは、小玉の甥《おい》の丙である。このとき文林はすでに二十歳を超えており、しかもその時点で丙は十歳に近かった。そういうわけだから、言ってみれば文林にとって乳幼児は虫よりも縁遠かった。

けれども今ようやく、感覚でわかった。この子どもは人間である。また小玉という要素において自分の最大の味方になりうる存在だ。ならば尊重しなければならない。

「……ぼくは、母上のことを『母后へいか』とよんだほうがいいのでしょうか」

その問いに、文林はちょっと笑った。

かつて文林は、ちょっとした悪戯《いたずら》心で小玉のことを「母后陛下」と呼ぶようにと鴻に教えたことがある。後に真相を知った鴻は、文林への当てつけのように小玉のことを「母上」と呼んでいた。

その話を、今こうやって蒸しかえすということに、文林は鴻からの譲歩を感じた。

だから文林も譲歩で返す。

「公には。だが母上と二人のときはまだ『母上』と呼べばいい。お前がそう呼びたいかぎり」

「わかりました」

こうして鴻の立太子が確定したのだった。

文林はふと、鳳もまた話せばわかる「人間」だったのだろうかと思った。

※

——あの男、どうやって鴻をたぶらかしたんだろう。

言葉は悪いが、対鴻の「説得」があまりにも功を奏しすぎて、怪しさしか感じていない小玉である。

小玉が一寝入りして目覚めると、あれほど強情だった鴻が完全に懐柔されていて、目の前にいるのは本当に鴻なのか疑ったくらいである。

しかし立太子に前向きになった以外は常の鴻のままで、小玉にべったり貼り付きながら紅霞宮に戻ったのだった。文林の様子もまた少し変わっていて、謎の敵意を鴻に見せず、苦笑しながら自分たちを見送っていた。

気のせいと思ったが、数日経ってもその状態は変わらず、小玉の予想は当たったようである。

父子の関係、改善。

小玉のいないところで。

「そんな歴史的な瞬間を寝て過ごしてたとか、さすが娘子」

清喜の感嘆とも呆れともつかない言葉になにも返せず、小玉は布団を頭からかぶってふて寝したのであった。まだ寝足りなかったし。

それでもいつまでも寝て過ごすわけにはいかない。鴻が宮から出ることが決まり、紅霞宮は慌ただしくなった。立太子のための儀式の準備のほか、東宮に移る準備をしなくてはならない。

特に連れていく人間は厳選に厳選を重ねた。鴻の乳母は当然として、杏を小玉は送り出すことにした。

「杏ちゃんいなくなると、娘子もっと大変になりますよ」

「わかってるけど、鴻が大変なことになるほうがずっと嫌なのよ」

珍しく真剣な忠言を投げかける清喜に、小玉はこれまた真剣に返す。実際、梅花亡きあとの、紅霞宮の支柱の一本が杏であった。そのほかにも梅花仕込みの女官はいるが、柱が一本抜けるとそれだけ揺らぎやすくなる。これから小玉は抜けた柱の分まで、どうにかしなければならないのだ。

――でもなんとかしてみせる。鴻のためにも。

鴻が太子になると、その養母である小玉の隙を狙う者が出てくるはずだ。鴻の身の安全のためにも足元をすくわれるわけにはいかなかった。


そうして万事抜かりなく調えて迎えた吉日。

鴻は小玉に立派な礼をして、鶴駕《かくが》と呼ばれる、皇太子のための車に乗って去っていった。あっけないくらい。

そのとき小玉の身を襲った脱力は、一仕事終えた充足感によるものではなかった。寂《せき》寥《りょう》……それが小玉の体から力を奪った。

片付けを女官たちに任せ、小玉はふらふらと鴻の部屋に入った。今朝まで彼が寝起きしていたから寝具だけは残っていた。

小玉は寝具に腰かけ、部屋を見回す。最低限の調度しか残っておらず、持ち主の性格を表すようなものはなにひとつなかった。だがそれは当たり前のことだ。この部屋はもう、持ち主がいない部屋になったのだから。

その事実に思いいたり、小玉ははっと胸を押さえた。痛みを覚えた。

鴻を説得するための言葉が脳裏に浮かぶ。同じ宮城にいる。いつでも会える。

けれども……広いし遠い。もう一緒に寝ることもないのだ。鴻が言ったとおりに。

いつか来るべき日がやってきただけ。子どもはいつまでも、腕の中にいてくれない。そんな正論で、胸の痛みを撫《な》でさするが痛みは引いてくれない。

「……寂しい」

口から本音がこぼれ落ちる。涙も目から少し。

この日、小玉の子育てが終わったのだ。

――悲しみを癒《いや》す薬は二つある。

元花街の医者で、さらに遡《さかのぼ》れば元後宮の医者で、現在再び後宮に戻ってきたという、異色の経歴を持つ名医の言である。

その特効薬は、時間。あと忙しさ。

小玉はその二つに恵まれたが、後者については正直いらんとしか思えなかった。副作用がひどすぎる。

鴻が去ったあたりから、小玉は急に後宮の雑事に追われるようになった。妃嬪《ひひん》間の盗難や諍《いさか》いが頻発するようになったのである。

「狙いは、大家からの叱責《しっせき》ですわ」

と、仕事を手伝ってくれている真桂が、苦々しげに吐きすてる。皇后は後宮の管理者として権限を握っているが、それだけに管理不行き届きは厳重に罰せられる。唯一の上位者である、皇帝から。

養い子が皇太子となった小玉の力を削《そ》ごうと、やっきになっている者たちがいるのだ……全貌《ぜんぼう》はまだ摑《つか》めていないものの。

「焦っても仕方のないことだわ。一つずつ対処しましょう」

とはいうものの、小玉はこれらの件については寛容に臨むつもりはなかった。不手際や失敗などと、故意の不法行為とを一緒にしてはいけない。

真桂、そして紅燕の手を借りて、問題を起こした妃嬪に対処し、損害を被った妃嬪に埋め合わせをする。

軍では戦時中、部隊内で簡易の裁判を行なっていたため、似た経験があったのは小玉の強みだった。もちろんまったく同じ要領でこなせるものではなかったが。

梅花の旧友である徐麗丹はこれらの件について、職務を超えた手伝いをすることはなかった。なにせ彼女、梅花の葬儀が終わったころに、こうぶちかましたのである。

――わたくしのことは、当分あてになさいますな。

女官の頂点である尚宮《しょうきゅう》の定員は二名。うち一人は麗丹で、もう一人はかつて梅花だった。梅花が抜けた後の後任はまだ力量不足なうえに、梅花が死んで女官内の統率に乱れが出るであろう状況下、そちらの対応で手いっぱいなのだと。

堂々と言うようなことではないのは間違いないが、自分の力量を過大評価しない姿勢には、率直な好感を覚える。自分の力を適切に評価するというのは、なかなかできることではない。小玉自身、それができている自信はない。

なにより梅花の死後、女官たちの仕事に滞りや問題が起こっていないのはありがたいことだ。手いっぱいだと言っていても、手中におさめた事柄に関しては抜かりなくやってのける人材だった。だから彼女は充分役立ってくれている。

しかしそれだけに、宦官《かんがん》の綱紀の乱れのほうがやたらと目立ち、小玉の頭を悩ませている。

「悪い人ばかりじゃないんですよ」

それがなんの免罪にもならないのをわかっているのであろう。近くに控えている清喜が、苦笑しながら言った。

小玉だってわかってはいる。妃嬪と同様に、個々で見れば善良な人間もまあまあいるが、派閥や宦官そのものの枠組みで捉《とら》えると、異様に排他的かつ攻撃的なことが多い。どんな集団でもそのような傾向はあるが、特に顕著なのが宦官であった。

「うーん、僕がうまくやればいいんですけど、宦官の中の格付けでだと僕最下層なんですよね」

清喜は申し訳なさそうに言ってくる。

宦官は多くの女官たちと違って試験ではなく、従弟制度で人材を育成している。何歳の時点で、いつ入宮したか、誰について学んだかが左右する共同体である。そこはさすがなことに、清喜はそういう共同体のなかでも一目置かれてはいるようであるが、それでも宦官全体を左右できるほどの力は持っていないようだった。

なお清喜が一目置かれている理由は、「皇后についてくるため、急遽《きゅうきょ》ちょん切ったから」というものである。宦官間でもこの事実は、不動の伝説になっているようだった。納得しかない。

ただもしかしたら一目置かれているというより、遠巻きにされているといったほうが正しいのかもしれない。

「さて、そろそろ杏ちゃん来ますね」

清喜が話を変えた。わざとらしいが、実際杏が鴻のことについて報告に来る時刻だった。

「それではわたくし、これでおいとまいたします」

真桂が女官に手早く片づけさせて、立ち上がる。

「ありがとう。時間が余ったらお茶でも一緒にと思っていたのだけれど……」

やることが多すぎてまったく余らなかったので、結局真桂をこき使うだけで終わってしまった。

「娘子《じょうし》とご一緒できるだけで嬉《うれ》しいですし、わたくしの時間など有り余っておりますわ。ですが太子のことについては、限られておいでのはず。お気になさいますな」

そう言って颯爽《さっそう》と立ちさる真桂に、清喜が「僕最近、あの方に抱かれてもいいとか思うようになってるんですよね」と呟《つぶや》いた。

「あんたよくその表現使うけど、誰かの評価、抱かれてもいいか悪いかで分類するのやめなさいよ」

「えっ、じゃあ……洗濯物自分のと一緒に洗ってもいいくらい？」

「いやそれだとわかんないわ」

そこらへん育ちの違いか、洗濯物誰のと交ざっても特にこだわりのない小玉には、理解しにくい機微だった。だって洗えば最終的にきれいになるんだし。

※

清喜から「洗濯物一緒にしても大丈夫」という名誉なんだか不名誉なんだかわからない評価を得た真桂は、紅霞宮から出るとちらと目を後ろに向けた。そこには自分づきの女官である細鈴がいる。

「昭儀さま、いかがなさいました？」

「このまま曹才人の様子を見にいくわ」

「まあ、そろそろそのような時期でしたか」

お気の毒にといいたげな顔を向けられる。

そうだろうそうだろう、と真桂は頷《うなず》く。自分は同情されてしかるべきだ。


先日やっかいごとを持ちこんだ曹才人は、その後あっさりと言を翻し、あれは作り話だと証言した。

しかしそれで禁足が解かれるわけがない。いたずらに後宮内を乱したとして、曹才人は与えられた部屋から出ることは許されていないし、俸禄《ほうろく》も半年減らされた。面会する人間も限られている。先に行われた中秋の詩会も、彼女は不参加だった。

ただ彼女以外に廃皇子の噂を流す者もいなかったので、発生源はやはり曹才人だという判断が下された。これにより、本当に彼女の虚言だった可能性が高くなったので、後宮内での重要度はかなり低くなっている。

最近は細々とした事件が発生しているので、彼女程度の人間に注力する余裕がないともいえる。

しかしそれで、放置しっぱなしにしていいわけでもない。禁足処分だからと下の者が自主的に扱いを悪くして、上の者が気づいたときには曹才人が部屋でひっそり死んでた……なんてことになったら目も当てられないし、そういうことが平気でまかりとおるのが後宮だ。

これで曹才人が心優しい女性だったら、こっそり助ける者もいるかもしれないが……他人の善意はあてにするものではないし、特に対曹才人においては期待するだけ無駄というものだ。

それで真桂が、月一回面会に行くことにしているのだ。気にかけている様子を見せれば、下の者も最低限の世話はするだろう。

それにしても嫌いな人間の身を守るために、嫌いな人間に会いに行く……なんという苦行。しかも曹才人は殊勝に接するわけではなく、敵意を込めて睨《にら》んでくるので、いい気持ちはまったくしない。

相手にも嫌な思いをさせてると考えればお互いさまであるが、それで気持ちよくなれるほど真桂は、自分を安い女ではないと自負している。

それでも誰かに代わってもらわないのは、ほかに人間がいないからというのもあるが、まだ引っかかっているからだ。

あの女の頭で、あんなこと考えられると思えない。

自分だけじゃなく、紅燕も思ったことだ。あの人物評が間違っているとは思えない。だからなるべく自分の目で、曹才人を観察したいと真桂は思っていた。

「今日はどんな不遜《ふそん》な態度をとるかしらね、あの女」

「前回昭儀さまが訪問なさったおりの言いざま……聞いたときはわたくし耳を疑いましたし、何度思い返しても自らの頭を疑っております」

さもありなん。

細鈴が真桂側の人間だから、こちらの肩を持っているところはあるだろう。しかしそれを差し引いても、曹才人の言い様は理不尽に聞こえた。

なんか、父親の借金を帳消しにしろとか言ってきたんである。

さも真桂とその父親が、曹才人の父を目の敵にして陥れたあげく、利子地獄に陥れたみたいな言い方をしてきたが、もちろんそんなことはない。

「大旦那《おおだんな》さまは悪辣《あくらつ》な方ではございますが、違法なことはなさいませんもの」

「そうね、そこは父のいいところね。あの人は法の抜け穴を突くだけだわ」

清喜あたりが聞いたら、いいところかなあ……などと言って、「洗濯物一緒にしても大丈夫」という評価を取りさげかねない発言だが、真桂は大真面目である。

なにせこの国で高利貸しは、犯罪である。

発覚したら家族もろとも破滅する。

そんなへまを真桂の父はやらかしたりはしない。きちんと法にのっとったかたちで金を貸しているし、証文だってきちんと作成している。

そしてそんな相手はたくさんいるので、なにも曹才人の父親を意識的にいたぶっているわけではない。事実真桂は、入宮後に曹才人が突っかかってくるまで、彼女のことはまったく気にかけていなかった。

もちろん情報として、父が金を貸している相手の娘がいるということは知らされていたし、忘れてもいなかった。だがそれでなにをどうするわけでもない。機会があれば、交渉材料に使えるかしらと思いはしたけれど。

「ていうか、仮に高利貸しだったとしても、ああいうことはせめて元金返してから言えって感じですよね！」

「……細鈴、あなたけっこう怒ってる？」

真桂も怒ってはいるが。

とはいえ、自分たちが借りた分も含めて帳消しにしろとか言ってる曹才人は、発想力が飛び抜けすぎていて、もしかしたら本当に自力で廃皇子のことを思いついたのかもしれないと思わないでもない真桂である。

「ご機嫌うるわしゅう、昭儀さま」

「ご機嫌うるわしゅう、曹の姉さん」

おや、と思いながら真桂は挨拶《あいさつ》を返す。いつものふてくされた声、仏頂面、やさぐれた眼差《まなざ》しがまったくない。

まるで別人。そして思惑が気になる。

「なにか不便なことなどございませんか？」

そんな疑念を胸に隠し真桂は問いかける。すると曹才人はどこか儚《はかな》げに微笑んで、首を横に振った。

「十分すぎるわ……この前の昭儀さまの訪問のあとから、むさくるしい食事が改善されました。ありがとう」

やっぱり嫌がらせを受けていたようだ。

さもありなんと思いながら、真桂は「それはようございました」と笑った。

「わたくしみたいに不義理をしている人間にこうまでしてくださるなんて……なんとお礼を申せばよいのやら」

「礼など……」

あいまいに言葉をごまかしながら、真桂は細鈴と目を合わせる。

――どうした。

――一体どうした。

考えていることは、だいたい同じであった。びっくりするほど変節しすぎて、裏があるとしか思えない。

「よかったらこれをお持ちになって」

曹才人が袖口《そでぐち》から腕輪を取りだす。卓上にことりと置かれたそれは、赤くつるつるした粒を連ねたもので、玉《ぎょく》などではないようだ。

「これは……」

「昭儀さまならばご存じでしょう。相思子《そうしし》で作った腕輪よ」

「相思子……これがあの」

南方で採れる植物の種子で、名前のとおり想いあう者同士が贈りあうというものだ。珍しいものであるうえに、どちらかといえば北方育ちの真桂は実物を初めて見た。

詩にも絵にも題材として用いられているものなので、真桂は演技ではなく興味を持った。一度は目にしたいと思っていたのだ。

「最近は市井でもよく出回っていて、お友だちにも贈るのだとか。わたくしの友情の証《あかし》として受けとっていただきたいの」

「……まあ」

いささかならず気にはなったが、曹才人の歯の浮くような言葉に、真桂は腕輪を床に払い落としたくなってしまう。こいつを「お友だち」と表現するのは、異郷の地で妊婦生活を送っている雅媛に失礼な気がする。

「わたくしも着けていますわ。二人でお揃いにしませんか？」

曹才人は袖をまくって、自分の腕を見せる。確かに同じものがそこにあった。それを見て、真桂は言う。

「あら、友情の証であるのならば、姉さんが実際に着けたものをいただきたいわ。こちらのものと交換してくださる?」

万が一毒でも塗られているのならば、彼女は拒むはずだった。

「もちろん」

けれども曹才人は、案に相違してにこやかに笑う。そして自分の腕にはまっていたものと卓上のものを交換した。

「さ、お持ちになって」

「……ありがたく、頂戴《ちょうだい》します」

面の皮の厚さには自信のある真桂もさすがに笑みを引きつらせながら、受けとる。自分ではなく、細鈴を使って。

妃嬪《ひひん》同士のやりとりである以上、女官を介するのは当然のことであるが、今日ほどそれを感謝したことはない。直接触りたくない。

仕事とはいえ、細鈴もいやいやという感じであった。直接触れるのは恐れおおいという態度を取り繕いながら、手巾《しゅきん》ごしに腕輪を卓上から取りあげた。あとで特別手当を出してやろうと真桂は思う。

「あとでお礼の品をお贈りしますわ」

「まあ、気になさらないで、わたくしたちの間柄じゃない」

わたくしたちの間柄——すなわち、親同士が借金を挟んだ間柄である。

そんな相手に、なに言ってるんだこいつと真桂は思った。


「……どう思う？」

「どうもこうもなにも……」

曹才人のところから退散した主従は、腕輪をのぞきこむ。

「裏があるわね」

「むしろ裏しかありませんわね。表はほんの爪の先くらいしかありませんわ」

表がちょっとで裏がたくさん。それってつまり……限りなく高さがない円錐《えんすい》だろうかと、真桂はついどうでもいいことを想像してしまった。

「お着けになります？」

「いやよ。どこかに埋めたいくらい」

真桂は即答する。詩人の端くれとして相思子に興味はあったが、いやな思い出が刷りこまれてしまったせいで、作詩する気にもなれない。

「お気持ちはわかりますが、うっかり芽を出したら、景趣に障りが出て、庭の世話をする宦官《かんがん》に怒られるかもしれませんよ」

「そうね、一応植物の種だものね……」

「毒持ってたりしませんか？」

　細鈴が腕輪をつんつんとつつく。布越しに。

「それはないでしょう。食用になると聞いたことがあるわ」

　偉そうに説明しつつも、相思子については叙情的な伝承についての資料ばっかりなので、真桂も生態関係の詳しいことは知らない。本に書いていないことについては、真桂は疎いのだ。

「まずは庫《くら》に突っ込んでおいて」

　どこにしまっていたのか、三枚くらいの手巾で腕輪を何重にもくるみはじめた細鈴が、頷《うなず》きながら問いかける。

「はい。記録もしておきますね。娘子《じょうし》にご報告しますか？」

　真桂はふと考えた。思えば自分は、禁足中の妃嬪から贈り物を受けとってしまったことになる。上の者に報告はすべきだろうが、皇后は現在人と会っている。

「そうね……貴妃さまにお話ししておきましょう。というかこんな馬鹿らしいやりとり、誰かに聞いてもらわないとやってられないわ」

真桂の話を聞いた紅燕は、多いに笑った。

というか笑い転げた。笑い声自体は「ほほほ」という、深窓の貴婦人らしいものであったが、それが大音量かつ、ものすごい長さで連続しているので、優雅さのかけらも感じられない。あえて表記するならば、「ほほほほっ、ほーっほっほっ、ほほほ！」という状態であった。

そこまでいったら我慢しないで、「あはは」と笑ってほしいと真桂ですら思った。

それでも久々に明るい顔の紅燕を見ることができたので、真桂としても悪くはない気分ではある。

笑いすぎて痛くなったらしい右側の腹を押さえて、紅燕が言う。

「世の中、笑える馬鹿がいるものねえ！」

「身近にいるとなると、まことに迷惑ではありますが」

「でも司馬氏に比べると、底の浅さが中途半端で笑えるのではなくて？」

「確かにおっしゃるとおりです」

真桂もそれは全力で同意するところであった。

乱心する前の司馬氏は、底の浅さというか単純さがいっそ清々《すがすが》しいほどの人物だったので、どこもかしこも中途半端な曹才人を見ると、なぜか故人の評価が上がってしまうのを感じてしまう。

「貴妃さま、この件の報告につきましては……」

「ええ、今の話でよいのではなくて。宮の記録につけておくし、わたくしも日記に書いておこうかしら」

日記書いてるのかと思いながら、真桂は「ありがとうございます」と一礼した。

「ところで、『新作』が届いたのよ。あなた読むでしょう？」

「ありがとうございます！」

これについては勢いよく頭を下げる真桂である。紅燕は近くに侍《はべ》っていた雨雨に指示を出して、冊子をとりにいかせた。

「前からそれほど間があいていないのに、こうも早く新作ができるとは……雅媛どののお腹のお子も順調なようですね」

「ええ。作風も変わっていないから、彼女がすり替えられているということもないようだし」

誰も予想していなかったうえに、期待していなかったであろう効果だが、雅媛の定期的な「新作」の刊行は、彼女の健康と無事をなによりも明らかに告げてくれていた。

「お持ちいたしました」

にこやかに「新作」を差しだす雨雨も、表情は明るい。旧主《きゅうしゅ》の無事を心から喜んでいるのだろう。

「それにしても、よい作品は心に潤いと元気を与えてくれますわね！」

ほくほくしながら真桂は冊子を受けとる。

「本当に……」

同意しながらも紅燕はさっと表情を翳《かげ》らせた。

「……貴妃さま、どうなさいました？」

「彼女の作品が、娘子にも元気を授けてくれれば……などと、詮《せん》ないことを考えてしまって」

真桂は「ああ……」と痛ましげな顔で頷く。皇后は、雅媛の新作を渡しても「ちょっと……あまり……」というような感じで、いつもそっと差しもどすのだ。

「やはり方向性の問題なのでしょうね」

実際はそれ以前の問題なのだが、皇后がそんな無神経なことを彼女たちに告げる日は来ないので、彼女たちは永遠に幸せな誤解を続けられるのだ。

「そうね、これればかりは仕方のないことだわ。けれども最近の娘子のご様子を見るにつけ、お心を慰めるなにかがないかしら……と思うのよ」

皇子が太子となり、宮を移ってから皇后は真桂たちにもわかるくらい気持ちを沈ませている。そしてこういうときにかぎって、妃嬪たちが面倒を起こしている。

「忙しさがお気を紛らすというのは確かにあると思うわ。けれどもこんな、目にしただけで食欲が失《う》せるような類《たぐ》いの忙しさでなくてもいいと思うのよ」

「確かに」

紅燕の言うことがあまりにももっともで、真桂は珍しく素直に同意してしまった。

「それで母に相談をしたのだけれど、もっと建設的な忙しさを娘子に差しあげるべきなのではという意見をもらったの。もちろんそれで忙しくなるぶん、後宮のことはわたくしたちがもっと引きうけて」

なるほど、王太妃の入れ知恵があったらしい。

「お引きうけすることについては、命じられるまでもないことですわ。それで『建設的な忙しさ』とは、なにか具体的な案がおありですの？」

「もちろん」

紅燕は自信ありげである。

彼女に告げられたことを聞き、真桂はほほうと頷いた。

※

秋もいよいよ深まってきた。

蚊の類いはすっかりと姿をひそめている。真桂は快適な日々が訪れたことを自分のために喜ぶのはもちろん、蚊を追い払おうと舞い踊らずにすむようになった細鈴のためにも大いに喜ばしく思っている。

「そろそろ冷え込むようになってまいりましたね」

細鈴が真桂の肩に外套《がいとう》をかけてくれた。

「場所が場所だもの」

そう言って真桂は、外套の襟元を摑《つか》んで寄せて、体になじませた。

ここは先日真桂が、紅燕を目撃した四阿《あずまや》である。あの後真桂は足しげくここを訪れていた。単純に風景が気に入ったというのが理由の一つ。紅燕がまた傘をさして物思いにふけっていないか心配になったのも理由の一つ。

けれども最大の理由はほかにあって、真桂がここを気にいったことが後宮中に伝わると、会いにくる者がいるからだ。なにせこの場所は、人目を忍んで会うのにちょうどいい場所だ。

特に、おおっぴらに真桂の宮を訪れることのできない用事を抱えているような人間にとっては。

「あら、来たわね」

だから真桂の目にとまった姿は、紅燕のものではない。

真桂が手招きすると、女官を一人だけ伴っている妃嬪《ひひん》は立ち止まって一礼した。そして再び歩きだす。顔には笑みが浮かんでいたが、どこか陰があった。

「昭儀さまにはご機嫌うるわしゅう」

「韓婕妤《かんしょうよ》、おかけなさいな」

「ありがとうございます」

韓婕妤は、しとやかに座る。

後宮において「美しい」というのは、「特徴がない」とほぼ同義であるので言うまでもない。その例に漏れず、彼女は美しい娘だった。そしてそれ以外、特筆することがなかった。

皇后に心を寄せているということ以外は。

しかしそれも、今日までのことだ。

「父から……連絡がございましたの」

顔を伏せて、ささやくように言う韓婕妤に、真桂はことさら明るい声で問いかけた。

「まあ、ご家族は息災でして？」

「ええ、おかげさまで」

先ほどと同じ、どこか陰のある笑みとともに答えた韓婕妤は、ふいに口を真一文字に結ぶと、少し早口になった。

「昭儀さまはおわかりでしょう」

「ええ、わかっております」

真桂が頷くと、韓婕妤はなんだか泣きそうな顔になった。

「わたくしを、日和見の無節操な者だと軽蔑《けいべつ》なさっておいでででしょう」

「…………」

真桂はなにも返さなかった。実際、そう思う気持ちがわずかなりとも彼女の中にあったからだ。韓婕妤は手をぎゅっと握って、身を震わせながら言葉を紡ぐ。

「けれども、父が、父がどうかと頼んできて、逆らうことは、わたくしには……」

「できない」

口ごもる韓婕妤の言葉のあとを、真桂が引き取った。

「……そのとおりです」

「気持ちはわかるわ……」

真桂はそうとしか言えなかった。

昨今、宮城内の力関係に大きな変動が起こっている。俗にいう「皇后派」と呼ばれる妃嬪たちが、少しずつ数を減らしているのだ。

表向きには皇后が養っていた皇子が立太子されたことが原因だ。もちろんこれはれっきとした事実であるのだが、そのほかにも事情がある。これまで皇后に陰《かげ》に日向に仕えていた女官の劉《りゅう》梅花が死んだのだ。

これを知って、皇后に先がないと判断した者たちが、娘を遠ざけるべく動くようになった。韓婕妤の父もその一人だった。

親——特に父親に、娘が逆らえるものではない。士大夫《したいふ》の家に育った者はとりわけそうだ。仮に自身が妃嬪として親よりも高い位を授かっていたとしても。そして親が正しかろうが間違っていようが関係ないのだ。

それは強制されてというよりも、逆らうことに忌避感を覚えるから、彼女たちはそうする。逆らうことは彼女たちにとって、例えるならば往来を全裸で走ることを強要されたり、人の肉を食わされるようなものですらある。

かつて淑妃《しゅくひ》だったあのわがままいっぱいの司馬氏でさえ、精神の均衡を崩すまでは常に父に従順な娘だったのだ。

——ならばわたくしと雅媛どのは、とんだ畜生ということね。

真桂は自嘲《じちょう》する。真桂、雅媛と二人とも父の意向を退けた娘だ。それがどれほど異様なことか。

「むしろあなたのほうが、わたくしたちを不孝な者だと思うのではなくて？」

あくまで自嘲でとどめておけばいいものを、真桂は目前の韓婕妤にぶつけてしまった。

言ってすぐしまった、と悔やむ。言うべきではなかった。

「……ごめんなさい」

「いいえ」

韓婕妤は困り果てた顔で、けれどもなんとかというふうに笑みを浮かべた。

「けれども昭儀さまは、わたくしと違って不忠ではございませんもの」

真桂は韓婕妤の顔を見つめた。彼女の目の中に、葛藤《かっとう》が見えた。もう腹を決めたはずなのに、それでもなお捨てたはずの選択肢に、手を伸ばさずにはいられないという風情だった。

「わたくしは昭儀さまがうらやましい」

――親に逆らえば不孝、従えば不忠。

片方を選ばざるをえない状況に追い込まれ、そして片方を選んだ、彼女はただそれだけなのに。

韓婕妤はどこか遠い目をして語り出す。

「ここ数年……まるでお祭りのような日々でしたわね。わたくしたちみな、同じ方が大好きであることが楽しくて、そしてそれは競うことなしに共有できる感情でした」

たとえば皇帝に新たな寵姫《ちょうき》が現れ、自分たちが決起集会を行ったとき。

「娘子《じょうし》がたいへんなことに遭われたときは、確かに身を引き裂かれるような思いもありましたが、それですらお互いに励ましあいながらやり過ごしたこと……こんな体験はきっと今後できないでしょう」

「ええ」

たとえば皇后が自主謹慎をして、自分たちもそれに倣ったとき。

「なにやら毎日浮かれて過ごしていた気がします。これはなんと表現すべきなのでしょうか、昭儀さま」

「そうね……『馬鹿騒ぎ』とでも言うべきかしら」

深窓の令嬢が口にすべきではない言葉だということは、真桂にもわかっている。けれども今の真桂にはそれ以外ないように思えた。

「『馬鹿騒ぎ』……」

聞いた韓婕妤は眉《まゆ》をひそめるでもなく、味わうようにその言葉を呟《つぶや》いた。

「そう、確かにそうですわね……わたくしたちは皆、お馬鹿さんでした」

「わたくしもお馬鹿さん？」

自他共に認める才女である真桂が、からかうように言うと、韓婕妤はここに来てはじめて、愁眉《しゅうび》を開いた笑みを浮かべて言った。

「ええ、楽しいお馬鹿さんですわ」

「……苦しいお利口さんと比べると、どちらがよいのかしら」

「…………」

韓婕妤はそれに答えなかった。答えられなかったのだろう。

「お祭りは終わるものですわ」

「そうね、終わるものだわ」

韓婕妤の言葉に真桂が頷《うなず》くと、韓婕妤は「そろそろおいとま申しあげます」と言って立ちあがった。

「……おそらく、このようにお会いすることはもうございません。昭儀さま、これまでのご厚誼《こうぎ》に感謝申しあげます」

「わたくしこそ感謝しております、韓の姉さん」

真桂は久しぶりに、彼女のことを「姉」と呼んだ。それが真桂なりの距離の置き方だったから。

「あの方、これからどのように動かれるのでしょう」

去りゆく韓婕妤の後ろ姿を眺めながら、細鈴がぽつりと呟いた。

「どう動くにしろ……きっと辛《つら》い思いをするわね。わざわざここに、挨拶《あいさつ》しに来るくらいなのですもの」

美人という、後宮においてとりたてて個性のない人間でしかなかった韓婕妤だが、性格の上では後宮では稀《まれ》なものを持っていた——誠実さ。

真桂は持ちあわせておらず、紅燕も、雅媛にも備わっていない機能だ。おそらく皇后も時によっては無視するであろうそれを、韓婕妤は持っていた。

これから彼女が中立を保つにせよ、誰かに与《くみ》するにせよ、それをわざわざ皇后側に伝える必要はない。それどころか不要ですらある。彼女の今後の動きを阻害しかねないのだから。特にこちらの足下をすくう立ち位置になるのであれば、離反することをこちらに伝えないほうが有利になる。

韓婕妤はさほど賢くない人間であるが、そのことを自覚していないほど愚かでもない。それでもなお告げに来たのは、彼女の義理堅さのあらわれである。

その性格は美質ではある。しかし同時に持ち主を限りなく苦しめるであろう。特にこの後宮という場所においては。

それがわかっているから、細鈴も惜しむように呟くのだ。

「昭儀さま、わたくしあの方が好きでした」

「そうね。わたくしもよ」

長いものにあえて巻かれがちで、仲間うちでも名前を覚えられていないこともままある没個性な人間だった。だが、そのあくのなさで誰からも嫌われることがなかった。そのあたり、同じく婕妤だった衛氏《えい》と一線を画している。

雅媛の坏胡への輿入れ《こしい》に侍女として伴った衛氏は、現在族長の側室候補になっている。雅媛が子を生《な》せなかった場合に、代理で子を産む役割を担うことになっているのだ。この代理が産んだ子は、正妻――つまり雅媛の子として扱われるし、養育も正妻が行う。

媵《よう》と呼ばれるそれは、本来ならば雅媛の同族の娘が担うものである。しかし雅媛の場合、養家である馮王家側には適当な娘はおらず、生家である薄《はく》家とは断絶状態にあるため、雅媛が衛氏を媵として連れていった。もし雅媛に懐妊の兆候がなければ、衛氏を王太妃の籍に入れ、側室として族長に召しあげる予定だったのである。

しかし今、雅媛は無事に懐妊した。このまま出産までたどりつき、もしその子が男児であれば、衛氏はさて、どうなることやら。

ここまで考えたところで、真桂は首を振って衛氏のことを追い払った。

雅媛のことだ。どうするにしても、悪いようにはしないだろう。この場合の「悪いようにしない」というのは、雅媛の都合についてであって、衛氏にとってどうなのかはまったく考慮していない。

そういうところ、やはり自分たちは韓婕妤のような誠実さとは無縁であった。

「さて、そろそろ娘子のところへ参らなくては」

気は重いが、韓婕妤の離反のことを告げなくてはならない。皇后はきっと、動じはしないだろうが、伝える側にとっては気持ちいい行為ではない。

立ちあがると、冷えのせいで体の節々が強《こわ》ばっていたのを感じた。そろそろここに座るのもおしまいだわと考えながら、真桂はゆっくり歩いた。それに「さようなら」を告げにくる姉妹たちも、もう打ち止めだろう。

真桂は振り返って四阿《あずまや》を眺めた。紅燕を見かけた日にかかっていた、元宵節《げんしょうせつ》の提灯《ちょうちん》はとっくの昔に片づけられている。

脳裏に韓婕妤の言葉がよみがえる。

——お祭りは終わるものですわ。

まったくもって、そのとおりだった。

終わらないものはなにひとつない。

けれどもいつだってなにかが始まっている。

今始まっているものは、お祭りとはほど遠いものではある。だがそれが終わったら、あるいはその次に始まったものが終わったら……またいつか、お祭りが始まってほしいものだと真桂は思った。

※

よくも悪くも、忙しさは人間に活力を与える。

鴻が小玉の手元から去った寂しさは、たしかにそれが拭《ぬぐ》ってくれた。ほとんど悪い意味での忙しさしかないのが玉に瑕《きず》だが。

それに鴻はたまにやってきては、小玉に抱《だ》きついて甘えて帰る。それは鴻が寂しさを紛らすための行為であったが、小玉自身の寂しさも紛らしてくれた。

後宮内では、昨今綱紀が乱れている。頻繁な諍《いさか》いや盗難などがあったが、小玉はそれに腰を据えて取り組んだ。ただ皇帝である文林には、皇后の管理不行き届きを何度か追及され、俸禄《ほうろく》の返上なども命じられたが。

もっともそれは小玉が後宮の管理という仕事を完遂できなかったからであって、それを責めるのは文林の仕事であるから、恨む恨まないの問題ではなかった。しかもやらかした人間は、もっと厳重な処罰を受けていることであるし。

とはいえ、しかたがないで終わらせられるようなことではない。鴻の立太子による宮中の勢力図が変化したというのもあるが、現状は純粋に、小玉の度量不足によるものだからだ。

小玉についていた妃嬪《ひひん》たちが複数離れていったことが、後宮内の混乱を招き、そしてその離反は誰の陰謀によるものでもなく、小玉個人の頼りなさによるものだった。

それでも日々を過ごすうちに問題も減っていき、小玉はやがて新しいことにも着手できるようになった。

「あたしって、なんだかんだいってできる女じゃな～い！」

両手《もろて》をあげて大言壮語。やけくそも含まれている。

自分で言うかと突っこまれそうであるが、どうせ側には清喜しかいない。だが小玉のこの放言を聞いていた清喜には、容赦なく突っこまれる。

「まあそうでなければ、いくら人材不足でも平民出の、しかも前例のない女性をそもそも将軍になんかしませんよね。ただの国を巻き込んだ遠大な自殺行為です」

「う、うん……そうね」

真面目に返されてしまい、小玉はあげた両手をなんとなくおろした。

「あと、実際には馮貴妃と李昭儀のおかげでできるんで、実際に『できる女』なのは、あのお二人ですよ」

「ほんとそうだわ」

これについては、全力で同意するしかない小玉である。

どこで聞いたのだか紅燕と真桂は、「娘子《じょうし》には他にも、なさるべきお仕事があるのだと伺っております」と言って、細々とした事柄の処理については積極的に引きうけてくれたのである。特に紅燕が。

これで理由なくただ「わたくしがやります」と言われたら、小玉もやんわりと謝絶したところである。だが実際彼女たちの言うとおりだったので、仕事を丸投げするでもなし、できる範囲で彼女たちに甘えてしまおうと思ったのである。

「でも僕、やるのはまだ反対ですよ。ようやく落ちついたばかりですし」

「でもずっと凍結してたんだもん。いいかげん始めないと、軌道にのるころにあたしが直接かかわれない年齢になってるかもしれないし」

「大丈夫ですよ……娘子は生涯も、なんなら死後も現役だと思ってます」

「あんたまた、適当なこと言って」

百歩譲って生涯現役はわかるとして、死後現役は意味がわからない。

さて、小玉が清喜と話しあっている問題は、武官の養成機関の話である。さっぱり効果がないことで有名な武科挙《ぶかきょ》に代わるものをということで設けられた。

本当ならもっと早く本格化したはずなのだが、総括をしている小玉がしょっちゅう出征したり、たまに死にかけたりで遅れに遅れて、今日この日にようやく……ということになった。

文官の教育期間である国子監《こくしかん》に倣《なら》い、武国子監《ぶこくしかん》と仮に名づけられたそれは、国子監ほどではないがいくつかの部門に分かれて教育を行い、入った者たちは武芸を磨き、指揮について学ぶ。

……そう表現すると、すごい機関に思えるかもしれないが、構成員は現在たったの二十名である。

なにせ試験的なものなので。

武科挙に代わるといっても、いきなりそれをやめて、武国子監に全部切り替えるというのは非現実的だ。だからあくまで試験運用なのだ。

効果ありと認められたら、小玉の神策軍《しんさくぐん》と同じように改名のうえ本設置ということになるだろう。

小玉は跪《ひざまず》く試験生二十名の前に立ち、朗々と告げる。

「国子監の者たちがこの国の文を守るのであれば、そなたたちがこの国の武を守ると心得よ。そなたたちがわたくしの麾下《きか》で働くことを楽しみにしている」

この二十名が無事修了すると、まずは小玉の率いる神策軍に編入されることになる。ますます「皇后の私兵」とか言われそうであるが、少なくとも初期については手元で成果を観察したいのでそこはもう割り切ることにした。

訓練生たちにとっても、本来ならば入れない禁軍《きんぐん》に行けるかもしれないということで、士気はなかなか高いように見える。

禁軍に入れるのは一定の家柄の者だけであるが、今回武国子監には、その要件をぎりぎりのところで満たしていない者ばかりを選んだ。小玉としてはもっと幅広い階層から募りたいところであったが、いきなりそれだと内部からの反発は間違いない……なにより教師陣が困る。

なにせ教える側も試験運用中。教え方も確立していないところに、幅広い階層の人材を集められたとしても、破綻して終わるだけだ。

そんなわけで今回は、過去に一定水準以上の教育を受けていて、この機関に意欲的な者という条件で絞りこんだ。

――でも将来的には、もっとたくさん。

小玉は二十人を見下ろしながら、期待に胸をふくらませた。久々に心が浮きたつのを自覚した。こんなことができるのも、思えるのも紅燕と真桂のおかげである。

なお、このとき小玉が訓示を述べた場所には、数十年後小玉の（あまり似ていない）石像が設置される。時を重ね武国子監がこの国の武官養成機関として一本化された後も残り続けたそれは、訓練生たちを常に見守りつづけるので、清喜の「死後も現役」発言は実現したといえる。

とはいえこの事実は清喜の予知能力の有無を示唆するものではなく、彼は本当に適当なことを言っただけである。

ついでに敷地内には武国子監の初代責任者である陳叔安《ちんしゅくあん》の像も設置されるのだが、場所が悪かったせいかほぼ忘れられ、彼が皇后と旧知の仲だったという事実に至っては後世には残りもしないこととなる。

※

幾ほどか時が経ち、小玉の生活は充実していた。

なによりも心配していた鴻は東宮になじみ、教師たちからの評価もよい。宮の雑事も、杏や乳母が上手に取りしきっているようだ。

武国士監についてはいいんだかわるいんだかまだわからないが、人材育成とは数か月で結論を出せるようなものではないから、それは置いておく。けれども武官として名高い皇后が、よりよい武官を輩出しようとしているという事実は、悪い評価にはつながらなかった。

市井でも朝廷でも、小玉の評判は悪くない。

その評判はやがて、一つの意見に収束された——おかわいそうに。

鴻が太子になり、そして立派な態度を見せるようになるにつれ、そのような声が聞かれるようになった。なさぬ仲でこれならば、皇后の腹から産まれた皇子はどれほどのものになっただろうかという声。

それは小玉に対する評価が過剰化するにつれ、お互いがお互いを引き立てあうかのように高まっていった。

寛と康《こう》との戦いから一年しか経っていない。しかし今や市井に流布する噂は、実際をはるかにかけはなれた非現実的な小玉の活躍を物語り、そしてそれは「事実」と人々に受けいれられていった。

――皇后は、康を蹴《け》散《ち》らしたその足で寛軍を殲滅《せんめつ》した。

――坏胡の長は皇后の器に惚《ほ》れこみ、自ら助力を申しでた。

――皇后は死病に苦しみながらも、自ら馬を駆り戦った。


一つ一つはただの誇張と笑える話であるが、それが一から十までとなると、小玉の笑いも凍りつく。

そこで語られている人間は、自分ではない。けれどもそう思っている人間が圧倒的多数になると、それが「本当」になってしまう。少数派の中に本人が含まれていても。

自分は今、伝説が作られている最中におかれているのだ。

自分の名を借りた、自分以外の人間の。


そのような評価が、求心力につながることは小玉にもわかっている。それは利用の仕方を間違えなければ、小玉の武器になることも。これまでにも似たような目を向けられたことはある。実情とはかけはなれた憧《あこが》れに何度戸惑いを覚えたことか。何度寂しさを覚えたことか。

自分が普通の女であると言えるほど、小玉は自覚がないわけではない。

けれども自分はそこまで特別な……いや、特異な人間なのだろうか。そもそも人間として見られているのだろうか、そう思いさえすることがある。

それが鴻との関係についてまで波及したならば、なおさら。

人は、実の子がいなくてかわいそうだという。

鴻を見てそう思われるということは、鴻の母であると認められていないのと同じことだと小玉は思う。

鴻への接し方については、いつも加点で見られてしまう。これはきっと実の親子であればないことのはずだ。実際、血がつながっていないんだからといわれれば、それまでのことであるが。

――あたしはかわいそうなんだろうか。それは他人が決めることなんだろうか。

意見も評価も小玉の心を苦しめる。

こんなとき、思うのだ。

――明慧がいたら、どんな言葉をかけるんだろう。

※

明慧と樹華の廟《びょう》の前。

秋が深まってもなお、筋肉は列をなしていた。しかも上半身裸で。

今日は誠がいなかったから、人目についても素性が発覚する心配はあまりない。そう思った小玉は、大人しく列の最後尾に並んだ。

少しずつ前に進んでいると、やがて前方に屋台が見えた。阿蓮のところの長男がいるのだろう。しかし屋台が二つ、三つと連なっているところを見ると、ほかの人間も出店しているようだ。どうやら商売としてきちんと成立しているらしい。

どんどん屋台に近づくと、商売の内容が見えてくる。どうやら今の時期は酒を売っているらしい。さすがに寒いのかその場で飲む人間もいれば、飲まずにただ持っている人間もいる。供え物にするつもりなのだろう。明慧も樹華も酒が好きだったから、きっと喜ぶはずだ。自分もそうしよう。

阿蓮の長男の屋台の前に立ち、小銭を差しだす。相手は小玉の姿を認めたが特に驚く様子もなく、「ぅっす」と口の中で呟《つぶや》いて、小銭と引き換えに酒を渡した。

そして屋台の横を指さす。酒を入れた器がいくつか積まれている。帰る際には器を戻せということなのだろう。わりとうまくできている。

そして彼、言葉らしい言葉を一切発していないが、これは小玉の立場を慮《おもんぱか》ってのことではない。素である。

やがて廟の中に入ると先客というか、関係者がいた。廟の中の花を交換している掃除の女性……くるっと振り返ったその姿は阿蓮であった。

廟の中で大声を出せないので、目を見交わし、手振りで意思疎通をはかる。とりあえず阿蓮が、廟の外で待っててくれるということはわかった。すれ違うときに彼女は「ゆっくりでいいからね」と耳元にささやいた。


お言葉に甘え、酒を捧《ささ》げてゆっくり祈りを捧げて廟を出る。阿蓮は傷んだ花を小脇に抱えて待っていた。

「お待たせ」

「全然よ。うちに来る？」

「う〜ん……」

やっぱり阿蓮の家は、お忍びの身としてはちょっと二の足を踏むところである。だが阿蓮は「大丈夫よ」と言った。

「この時間帯だと、あんたの部下のあの子と赤ん坊たちしか来てないから」

「……そうなの？　そう、なら会おうかな」

気の置けない間柄特有の、お互いにしかわからない言葉を交わしながら小玉と阿蓮は肩を並べて歩きだす。

「あんた今回はそんなに食べてないの？　まだ産まれてないんでしょ」

臨月の阿蓮は、常ならばむくみも相まって量感がすごいのであるが、見たところさほどではない。

「そうなのよー。この前ちょっとふらついたら、支えてくれた旦那《だんな》が足ひねっちゃって。それで少し気をつけてる」

「そっか……それは、うん……気をつける必要があるね」

他にかける言葉がなかった。阿蓮の夫はなかなかしっかりした体格の持ち主なのだが、その足をひねるとは……。今この場所で阿蓮がふらついたら、自分はどうやって支えようかと、小玉は脳裏で試行してみる。まずは、腰を痛めないように気をつけよう。

そんなことを考える小玉をよそに、阿蓮はふうとため息をつく。

「よくよく考えてみれば、お産のときにかぎらず、これからあたしも急に倒れちゃうことだってあるのよね……そのとき太ってると、子どもたちに迷惑かけるから、この子産まれたら本格的に気をつけようって思うの」

「そ、そう……」

言っている内容は非常によいものである。しかしこれまで色んな人間が阿蓮に配慮して、なるべく言葉を選んでいたのに、本人から「太っている」という表現を率直に使われて、小玉は反応に迷った。いや、本人だから言っていいのか。

「あ、これ戻してくるわ」

「あら、うちのとこの買ってくれてたのね」

手にした器を屋台に戻す。阿蓮の長男はぺこりと頭を下げた。やはり無言。

戻ってきた小玉に、阿蓮はため息まじりに愚痴をこぼす。

「うちの子ったら、仕事始めたら態度変わるのかなと思ったら、あいかわらずあんな仏頂面で」

言ってる阿蓮のほうが、それこそ仏頂面である。

父親である阿蓮の夫も寡黙であるが、息子は輪を掛けて寡黙で、こんなんで商売できるのかと心配されていた。実は小玉も心配していた。お試しでのこの屋台も、両親があまりにも彼の将来を憂えたからなのだろう。

「いやー、でもうまくやってるんじゃない？　口開かないけど、人づきあいが嫌いなわけじゃないって言ってた子だし」

少なくとも小玉が見ているかぎりでは、客たちに不愉快そうにはしていなかった。しかし阿蓮は首を傾げる。

「そのあたりの感じ、あたしにはよくわかんない。人と話したくないのに、人とつきあうの嫌いじゃないって、どういうこと……？」

「それはあたしにもよくわかんない」

そもそも両親にもわかんないことが、以前近所に住んでただけの小母《おば》ちゃんにわかるわけがない。

阿蓮の子どもたちのことで話を弾ませていると、阿蓮が何気なく問いかけてきた。

「小玉は、赤ちゃん産まないの？」

虚を突かれた小玉は、当たり障りのない返事をする。

「もう年だもの」

「あたしより若いくせに」

「ほんの少しじゃない」

阿蓮は笑う。

「皇子さまが太子さまになられて、あんたの手から離れたんだってね。それ聞いて思ったのよ。もし出来るんなら、あたしあんたの子ども見てみたいなあって。あたしだけじゃなくて、みんなそう思ってる」

それは小玉に対するあるいは姉めいた気持ちから出た、悪意のない意見だったのだろう。

けれどもそのとき小玉の口から噴き出そうになった言葉は、とてつもなく攻撃的なものだった。

――あたしは、あんたを、あんたたちを喜ばせるために子どもを産むの？

けれども小玉は、拳《こぶし》を握ってその言葉をぐっと飲みこんだ。

「……こればっかりは授かりものだから」

「そうねえ」

小玉の態度に特に不自然さを感じなかったようで、阿蓮は相づちを打って、先日無事出産した長女について話しはじめた。

「これであたしも孫持ちよ」

「やー、めでたいね」

彼女が悪いわけではない。ただこの件について、おそらく自分たちは決して相容《あいい》れないのだろう。それで今後の付きあいを考えなおすわけではないが、彼女はそういう人間なんだなと小玉は思った。

「ただいまぁ～」

やけに語尾を間延びさせて、阿蓮が自宅兼店に入っていく。阿蓮は怪我をして退役した兵士と結婚して、小料理屋を開いている。夜は兵士たちのたまり場になっている店であるが、昼は元兵士の女性や、兵士の嫁のたまり場になっており、昼夜を問わず有効活用されている場所だ。

阿蓮は特に母親たちの手助けをしていて、ここは互助会の本部のようなものにもなっている。

今でこそ数は減らしているものの、昔は兵士になる女は訳ありの者がほとんどだった。当然、お産のときに実家に頼れない者も多かった。阿蓮はそういう人間の受け皿を作っていたのだ。

そのため小玉の下で再就職した老医師ともつながりを持っていて、食事と引き換えに女たちの診察をしてもらっていた。美しき相互扶助の関係だ。今は老医師の弟子がその役割を担っている。

「あれ？　今日は雪苑《せつえん》ちゃんだけ？」

「あっ、こんにちは」

昼は赤ん坊のための部屋になっている二階の一室で、雪苑と二人の赤ん坊がいた。ちょうどお昼寝の時間なのか、並んで横たわっている。ぴくりとも動かないし、なにより雪苑が声量を抑えめにしている。

「千姫《せんき》はちょっと遅れてきます」

阿蓮も声を小さくする。

「そうなの？　珍しい」

「今日は旦那さん出るのが、ちょっと遅いんですって」

「なるほどね〜」

頷《うなず》きながら、阿蓮は首を引っこめる。

「茶でも出すわ。あんた入ってて」

「うん」

小玉がひょいと入り口をくぐると、雪苑がぴょん！　と飛びあがるようにして立ちあがる。

「娘子《じょうし》！」

思わずといったように声をあげるが、やはり声量抑え目である。

「最近よく働いてるって？　綵《さい》が褒めてた」

雪苑ともう二人は、かつて三羽烏と呼ばれて小玉の麾下《きか》にいた下っ端兵であった。三人とも同時期に結婚し二人は退役したが、雪苑だけは軍に残って先日復帰している。

「ほんとですか？」

小玉の言葉に、雪苑が目を見開いた。そうするとくりくりした目が際立つ。とても子を持つ母親とは思えない。

「鄭校尉《ていこうい》、そんなこと全然言わないのに！」

「本人に言うような人間じゃないからね」

「そういうもんですか……でも嬉《うれ》しいです！　二人分稼がなきゃだから、もっと頑張ります！」

発言の内容は、なかなかに母親である。それにしてもけっこうな声の大きさに、赤子たちが起きないか小玉は心配になった。だが二人とも安らかに眠っている。どっちかは鼻が詰まっているのか、ぷすぷすという音も聞こえている。

「よく寝る子たちね～」

「おかげですごく楽です」

雪苑がどこか誇らしげに言っ……たところで、片方が泣きだした。状況とか全然配慮してくれないこの感じ、まさしく赤子だ。

「あら～、大花《たいか》おしめかな？　おしめだね」

雪苑は赤子の股《また》に手を当てると、手早く交換しはじめた。ここにいるときの女たちは、暗黙の了解で男が同席していないかぎりは人前での授乳もおむつ交換も気にしない。小玉もそういうことを気にする環境で育ってないので、特に気にせず雪苑の作業を手伝ってやる。

「はい、すっきりしたね～」

雪苑が腹をくすぐると、すっかりご機嫌になった赤子はきゃらきゃらと笑った。

「娘子、もしよければ抱っこしてあげてくれませんか？」

「いいの？」

小玉は笑いながら赤子を抱《だ》きあげる。雪苑は嬉しそうに笑うと、赤子の頭を片手で包むように触れて、二、三度撫《な》でた。

「大花。お前に名前をくれた方だよ」


この赤ん坊は雪苑が産んだ子ではない。

三羽烏と呼ばれるくらい仲良しだった彼女たちの一人である、冬麗が遺《のこ》した子どもだ。

この子が生まれた折、困った顔をした綵に呼ばれたときのことを、小玉ははっきりと覚えている。


「本来であればこのようなこと、私が拒絶するべきだったのでしょうが……」

彼女の声は珍しく震えていた。冬麗を含めた三羽烏のことを彼女はなんだかんだいってかわいがっていたから、断ることができなかったのだろう。

小玉が向かった先には、赤子を抱えた雪苑と千姫がいた。二人とも泣きはらした目をしていた。

「冬麗が死にました」

二人の赤子を抱いている雪苑が言った。

「こっちの子は、冬麗の赤ん坊です。女の子です」

「父親は……？」

生まれたばかりの赤子を、いくら母親と仲がよかったからといって、他人に任せるとは思えない。

「冬麗の旦那《だんな》は、出稼ぎに出ていて、か、帰り、待ってたんですが、旅先で死にました。昨日連絡がありました」

早口で言い切ると、雪苑は唇を噛《か》み締めてうつむいた。その隣で千姫がすすり泣きを始めた。

小玉もさすがに絶句し……そして問いかけた。

「この子を育てる親を探してるの？」

そうであれば力を尽くして手伝おう……そう思った。しかし、二人は同時に首を横に振った。

「いいえ」

雪苑が顔をあげて言いはなつ。

「この子はうちで育てます。旦那もそうしようって言いました」

「雪苑の家が忙しいときは、うちで預かります。あたしの旦那も大丈夫だって言ってくれました」

顔を涙で濡《ぬ》らしながらも、千姫もきっぱりと言う。

二人とも意志は固いようだった。

「じゃああたしは、どういう手助けをすればいい？」

なにかを求めて、この二人は小玉に会いにきたのだろう。贔屓《ひいき》はもちろんできないが、かつての部下の子どもの面倒を見ることはよくある話だ。特に生き死にに関わる、こんな仕事をしていたら。

二人は目を見交わし、やがて千姫が口を開く。

「名前の許可が欲しいんです」

「名前？」

それは小玉が予想だにしなかった願いであった。

「この子にはまだ名前がありません。娘子の本当のお名前を使うのはいけないことだから、娘子が初めてあたしたちに会ったときに使った名前、お母さまのだっていう名前、使わせてください」

「お願いします」

雪苑も懇願する。

「この子は生まれる前に父親を亡くして、生まれてすぐ母親を亡くしてしまいました。これから先は、福に恵まれた人生を送ってほしい。だから娘子から名前をいただきたいんです。きっと強い子に育ってくれる」

二人は子を抱えたまま跪《ひざまず》く。仮にそうされなかったとしても、否と小玉が言うはずもなかった。


あの日のことを思いだした小玉は、雪苑の名を呼んだ。

「……ねえ、雪苑」

「はい」

「よその子どもを育てて、大変だねって言われない？」

多分自分は、無神経なことを聞いている。わかっていても聞いてしまった自分を、小玉は内心恥じた。

雪苑は目をさ迷わせてから、苦笑いした。

「……言われます。娘子もそう言われるんですね」

「……ええ」

自分の半分くらいの年齢の娘に見透かされて、小玉は苦笑いする。

「娘子、聞いてもらっていいですか？」

雪苑はどこか思いつめたような顔をしていた。

阿蓮が戻って来やしないかと思いはしたが、階下から彼女の話し声がかすかに聞こえてきた。客が来て立ち話をしているのだろう。しばらくは上がってこないはずだ。

「なに？」

促すと雪苑は、「ちょっと長くなります」と前置きをして話しはじめた。

娘子はもうわかっておいでだと思いますが、あたしたち、あまり家族には恵まれていません。

あたしは父の後妻とうまくいかなかったし、千姫はお父さんを早くに亡くして、お母さんは病気だったし、冬麗は捨て子でした。たぶんなにかがなければ、三人とも道端に立って体売ってたと思います。

でもあたしたちには「なにか」があった。それは三人とも、娘子に憧《あこが》れてたということです。だから娘子と同じように軍に入って……ほかの二人と出会いました。

同じ年ごろで、同じ人に憧れて、同じ時期に軍に入って……それで同じ時期に結婚して、同じ時期に赤ちゃんを授かりました。

あたしたちそのとき話しあったんです。ここまできたら、あたしたちは絶対に天運で結ばれてるって。きっと見た目とか性格とかとも違う、もっと根っこの部分で、あたしたちは同じ人間なんだって。

だからあたしたち三人の子は、あたしたち全員の子なんです。誰かになにかがあっても、ほかの二人が遺された子を育てるんだって。

あたしそのとき、軍に残ってるあたしがいちばん二人にお願いする可能性が高いと思ってたけど、まさか冬麗が先に、なんて思わなかった……。

でもこうなったからには、この子はあたしと千姫が育てるんだって思いました。籍としてはうちで引き取ったけど、あたしが働いている間はあたしの産んだ坊やと一緒に千姫が三人の面倒を見ています。

でも、それを大変だねって言う人がいます。そんなことないってあたしたちが言っても、かわいそうにって言います。

自分の子どもを育てているのに、なんでかわいそうなのかな……あたしたちにはわからない。

もしかしたらあたしたちの考え方が間違っていて、それをかわいそうに思っているのかも？　でもそれって、「かわいそう」って言う人たちに、なにか損させるのかなって思います。それ以外の人たちにも……ううん、誰にも迷惑をかけていないのに。旦那たちは別として。

雪苑はここで口を閉ざした。

「これ、ただの愚痴です……」

「うん」

小玉はただ相づちをうつ。雪苑が求めているのがそれだとわかっているから。そして自分がただ、そう頷《うなず》くことしかできないくらい、彼女の気持ちがわかるから。

「でも、娘子《じょうし》も同じこと、考えてるんですね」

「そうね……」

「同じことを感じてる人がいて、安心しました。それに嬉しかったです。千姫にも話していいですか？　きっと喜びます」

「ええ」

小玉はなにも言わず、雪苑の肩を抱いた。慰めのためであったが、実際は話を聞いた小玉のほうが慰められていた。

やがて雪苑はふふと笑って、目尻《めじり》に溜《た》まった涙をぬぐった。その拍子に、袖口《そでぐち》から赤い腕輪がのぞいた。

「雪苑、それ……」

「ああこれ、旦那がくれたんです。最近流行《はや》ってるんですって。千姫も旦那さんからもらってます」

「………」

「娘子、どうかしましたか？」

小玉は声を呑《の》んだ。

※

重陽は中秋よりも盛大に祝う。もちろん後宮でも。

二、三日かけて祝うこの行事は、外に出て景色を眺めたり、菊花酒を飲んだりして過ごす。だが今年の皇后は、前者を控えて後者のみに絞《しぼ》ることにした。近ごろ後宮の風紀が乱れているからという理由で。

後宮の女たちにとっては貴重な外出の機会が奪われたわけなので不満は出るだろうし、真桂も残念ではある。だがこの機会に、自分の行いを省みるように仕向けたいという皇后の意向に逆らうつもりは毛頭なかった。

真桂の横に座る紅燕がささやきかけてくる。

「今日は曹才人も来るのかしら」

「禁足が解けて、初めての宴《うたげ》ですから来るでしょうね」

あれから曹才人は、特に問題を起こすでもなく、ひたすら大人しく過ごしてようやく部屋から出ることを許されることになった。

こんなことになるなら、最初からなにもしないでほしいとか真桂は思っている。

「あの妃嬪《ひひん》、大丈夫なの？」

「無為な問いですわね。あれは大丈夫なところがなにひとつない女です」

「ずいぶん辛辣《しんらつ》だこと」

いつも辛辣なやりとりをしている紅燕に、そんなことを言われたら形無しである。しかし真桂はあの日以来、曹才人のすりより方があまりにも気持ち悪くてしかたがない。

「わたくしが言っているのは、あの女、この宴を台無しにしないかということよ。そんなことになったら、わたくし許さないわ」

皇后はこの宴、かなり念入りに準備をしていた。理由はあるとはいえ、外出の機会がなくなった妃嬪たちがかわいそうだからと言って。その姿を横で見ていた真桂も、この宴の成功を願ってやまない。

「それについては大丈夫でしょう。それほどの器の女ではないはずです」

なお結論を述べれば、大丈夫じゃなかった。

曹才人は宴もたけなわという段階で、皇后の前で跪き、こんなことをぶちまけたのである。

曰《いわ》く、自らが禁足中唯一出入りしていた李昭儀に、実家から贈られた腕輪を奪われたのだと。

「今わたくしが身に着けているものと同じものでございます……！」

そう言って腕を持ち上げる。そこにはあの相思子の腕輪があった。

――やられた。

真桂はほぞを噛《か》んだ。不特定のものではなく「これと同じもの」と指定されたら、信憑性《しんぴょうせい》が増す。おまけに自分の宮を捜索されたら、庫《くら》の中からそっくり同じものが出てくるときた。

真桂は近くに座す皇后の顔を見た。強《こわ》ばった表情をしている。

潔白を証明できるかといえば……すぐにできるだろうか。真桂は真桂なりに手を打っているが、していないことを証明することは実は難しい。

「お待ちくださいませ」

真桂の隣で紅燕が声をあげる。

「わたくしはその腕輪を、曹才人が贈ったと貴妃として李昭儀から報告を受けております。記録にも残しております」

助け船を出してくれた紅燕に、真桂はそっと感謝の目を向けた。


「……嘘でございます！」

だが、曹才人は言下に否定してのけ、その場に泣き伏した。泣きわめく女ほど扱いにくいものはない。同性にとっても。

「恐れながら」

妃嬪の一人が発言の許可を求める。それはあの韓婕妤だった。

皇后が許しを出すと、彼女は跪いて述べはじめた。

「聡明な娘子でございますならば、証拠や捜査もなしに曹才人の訴えを退けることはございますまい。またおそれながら、昭儀さまは貴妃さまと近しい間柄でございます。娘子、なにとぞ常のようにわたくしたちをお導きくださいませ」

「わたくしの言葉を否定するというの？」

紅燕は韓婕妤をきっとねめつける。

韓婕妤は深く額《ぬか》ずいて、「滅相もないお言葉」とへりくだりつつも、自らの言は翻さない。

「下位の者がこう申しあげるのも不敬ではございますが、昭儀さまが曹才人から腕輪を没収した後、貴妃さまに『贈られた』とだけ語られたという可能性がございます」

「つまり、発覚したときにわたくしを庇《かば》わせるために、貴妃さまを利用したと？」

真桂は鼻で笑いつつも、なるほどと納得した。この茶番は、自分たちの紐帯《ちゅうたい》を弱めようとするために繰りひろげられているのだと。

現在後宮は皇后、紅燕、真桂が結束して治めているようなものだ。最終的に真桂の無実が証明されたとしても、三名の間がぎくしゃくしてしまえば相手の思うつぼである。真桂も急いで発言の許可を求めた。

「娘子。確かにわたくしの宮には同じものがございます。どうかお確かめくださいませ。ですが娘子。今や昭儀となったわたくしが、一才人ごときの持ち物を奪ってどうするというのでしょう。しかもわたくしが、その腕輪を使っているところをご覧になった方はいますか？　わざわざ奪うほど欲したものを使わないだなんて、そのようなこと」

妃嬪たちの、やけに大きなささやきあいが聞こえる。

「それは、昭儀さまが責められたくなかったからではなくて？」

「相思子を眺めることが目的だったのでは？　昭儀さまは詩人でいらっしゃるから」

暗に、自分が使うために奪ったのではないのだろうと言われているのだ。

「当時曹才人は謹慎中ゆえ、自分がどのような境遇かを周囲に吹聴《ふいちょう》できない立場でございましたし……さすれば貴妃さまには、昭儀さまのお言葉しかお耳に入りませんものね」

「では、曹才人が泣き寝入りすると見越して？」

どうしたものか……と思ったところで、皇后が立ちあがった。真桂を含め、慌てて皆席を立つ。

「曹才人」

「は、はい……」

「腕輪をわたくしにお見せなさい」

差しだされた手に、曹才人が腕輪をおそるおそる載せる。皇后はそれをやや眺めると、ため息を一つついて口を開いた。

「最近、市井でも出回るほどになっていたけれど……まさかこんなところにまで来るなんて」

「娘子、なにか問題でもございまして？」

「その前に馮貴妃、一つ聞きたいことがあります」

「なんなりと」

「後宮では薬物の持ち込みには制限や記録が必要ですね」

「そのとおりですわ」

紅燕は戸惑いながらも肯定した。皇后は曹才人のほうに向きなおると、厳しい声で言った。

「曹才人。この腕輪はあなたのものですね?」

「は、はい」

「もう一つ、李昭儀の手元にあり、それもあなたのものなのですね?」

「……おっしゃるとおりでございます!」

どうやら皇后が自分の味方につくのだと考えたらしく、曹才人は勢いこんで頷く。すると皇后はもう一度ため息をつくと、周囲に言った。

「この殻の中には、猛毒が含まれています」

あれ、食用じゃなかったっけ?

あっけにとられる周囲をよそに、皇后は淡々と曹才人に告げる。

「まず曹才人、あなたはこの腕輪の持ち込みについて、尋問を受けてもらいましょう」

すかさず皇后づきの楊《よう》という宦官《かんがん》が、曹才人を押さえこむ。

「そんな、待って、お待ちください……そんな!」

そのまま引きずられる曹才人を、呆然《ぼうぜん》と見送るわけにもいかなくて、真桂は思わず声をあげる。

「あ、娘子《じょうし》……相思子は食べられるものでは」

「よく知っていますね。わたくしも幼いころ食べたことがあります。けれどもそれは煮ればの話ですし、わたくしでさえ飢饉《ききん》の折にしか食べたことはありません」

真桂は思いだす。そういえば皇后は南方の出だった。

「殻の中身を生で食べると、ほぼ間違いなく死にます。腕輪を作るために通した針で指を刺しても、死ぬことがあります」

比喩《ひゆ》でも誇張でもなく、本当に猛毒だった。

「娘子、その腕輪をお捨てくださいませ！」

紅燕が悲鳴じみた声をあげる。皇后の手にはまだ相思子の腕輪が載っていた。


結局、宴はここでお開きになった。

盗難騒ぎもうやむやになった。


皇后、紅燕とともに紅霞宮に引きあげた真桂は、皇后の前にひれ伏した。

「わたくしに罰をお与えください」

皇后は、真桂に手を差しのべながら穏やかに声をかける。

「ええ、わたくしに報告を怠ったことについては、相応の措置を。ですが今回は災難でしたね。わたくしが忙しくしていたこともあって、報告できなかったのでしょうし」

「…………」

真桂は恥じいった。自分はもしかしたら、そのつもりはなくても、皇后を軽んじていたのかもしれないと思った。そして自分があくまで、書の中の知識にしか長《た》けていないのだということも思い知った。

「それにしても曹才人はやけに騒ぎを起こしますわね……」

紅燕が物騒な表情で呟《つぶや》く。宴を台無しにしたら許さないと言ったとおり、紅燕は完全に頭に来ているようだった。

彼女が妃嬪《ひひん》を痛めつけて罪に問われないか、ちょっと心配になった真桂である。かつて指輪を装備して司馬氏を殴ろうとした自分のことは、完全に忘れていた。

※

文林は小玉に対していささか同情的ではあった。

「たいへんな騒ぎになったな」

「それはもう。けれど、誰かの体に害が及ぶ前でよかった」

「曹才人はどうする？」

文林のその問いに、最近彼は妃嬪の処分について、任せてくれるようになったなと思いながら小玉は答える。

「もう妃嬪としては置いておけないから、掖庭《えきてい》に送りこむ。その前に色々聞きだすから、今はまだ監禁状態だけれど」

「そんなところだろうな」

そこは判断が難しい線で、実害がなかった、そして曹才人は知らずに持ちこんだ（と本人は主張している）ので、即刻投獄というわけにはいかないのである。

「ところで文林、紅豆《こうとう》……相思子のことなんだけど」

「ああ、その報告は受けている。重要な情報が浸透する前に、急激に出回った弊害だな。全面的な規制はまだ難しいが、宮城内への持ちこみは制限できそうだ」

「あんな毒のあるものが、そんなにもてはやされるなんてね」

小玉にとっては幼いころから、「絶対に食べるな」と言われている植物の一つが普通に出回るようになって、恐ろしさしか感じられない。「相思子」なんていう素敵な名前が一人歩きしているのだろうが、小玉にとっては「紅豆」というそのものずばりな名前のほうがなじみ深い。

「それを言うなら、お前がこの前廊下に撒《ま》いていた無患子《むくろじ》だって、名前のわりに毒はあるだろう」

　無患子は名前のとおり、子どものお守りにも使われる。小玉も最近、鴻のために装身具を作ってあげている。そのために去年はせっせと集めたのだ。

　そんな無患子、いい意味を持つ名前のわりに毒があるという点では確かに相思子に似ているが、

「でもそれは、魚とかにだし」

　効果も対象も、相思子に比べれば穏便にもほどがある。小玉がそう言うと文林は、なんだか感心したような目を向けてきた。

「お前は案外、毒物に詳しいよな。何年か前の鳥兜《とりかぶと》のことといい」

　以前、馬に盛られた毒のせいで、当時淑妃だった司馬氏の馬が暴走した一件があった。よく覚えているものだ。

「あのね、自分を殺しかねないもののすぐ近くで寝起きしてたら、だいたいはそうなるから」

　危険な動物、植物について大人たちには口を酸っぱくして言い含められて育った小玉である。しかもけっこうひんぱんに人か動物が死んでいる様を直に見ているのだから、いやでも覚えるというものだ。自然は人にまったく優しくない。

　その弊害で、真桂に風景を題材にした詩作の課題を出されても、「いやそんないいもん

じゃないし……」と思ってしまう小玉である。本人には絶対言わないが。そして詩の出来の悪さは、小玉のその思い以前に才能によるものであるところが悲しい。

「雪苑も相思子の腕輪着けてて、目を疑ったわ。子どもに触らせないようにって言っといたけど」

「それは確かに驚くな」

なお雪苑は、小玉の注意喚起を受けて、即座に阿蓮のところの炉に腕輪をくべた。夫との愛の証《あかし》より、子どもの命のほうが大事だという姿勢は小玉もよしとしている。今ごろはすでに千姫の腕輪も燃やされているであろう。

——代わりに、今度無患子の腕輪作ってあげよう。

夫たちとお揃いにしてあげれば、子どもの無病息災と夫婦の円満さの両方を兼ねそなえたことになるんじゃないかと思う。本人たちが着けてくれればだが。なにせ無患子は色が黒くて、相思子に比べると見栄えが今ひとつである。

「ねえ、鴻にも相思子を近づけないようにして」

「わかってる。気を配る」

文林の反応に、小玉は少しうつむいた。望みどおりの返答を得られたはずなのに、少しだけ胸が痛む。もはや今の自分は、鴻について文林に「お願い」しなくてはならない立場なのだ。

こういうとき、もう鴻が自分の手元にいないこと、手元で守ってあげられないことを実感する。だがそれは考えても詮《せん》ないことだ。そして、手元で守れないなら、別の方法で守れるかどうか模索すべきだ。

それに今は、別の問題も抱えている。

「ねえ、文林。曹才人のこと……」

「ああ、色々と不審すぎる。鳳の生存の件、かなり疑ってかかるべきだな」

小玉が話題を変えると、文林が硬い表情で頷《うなず》いた。

「そうね。司馬元尚書の動きはどうなっている？」

「今は、康側の国境に向かっているようだ」

「康？　寛じゃないの？」

尚書だったころ、彼は寛とつながっていたはずだ。

「目くらましかもしれないが……まだ確証がない。実は追跡させていた奴が、消息を絶った」

小玉は顔を強《こわ》ばらせる。

「それからもう一つ」

「まだあるの……？」

「鳳に死罪を告げに行かせた者が事故死した」

小玉はのどの奥からうなり声をあげた。

※

自分をつけていた男をようやく始末できて、ほっとした。やはり四六時中見張られているのはいい気分がしない。司馬は逆さづりにされて絶命している男を眺めて、満足げに頷いた。

「司馬どの」

その彼に声をかける者がいる。

「そなたが言っていたことは、まことであったのだな」

司馬は「おや」と不本意そうに顔をしかめる。

「まだ疑っていたか。この件について私が嘘をついたとしても、身の破滅しか招かないというのに」

男は「そのようなことはない」と言いながら、目をそらす。疑っていたことが見え見えだ。なんともわかりやすい人間だった。

「それで皇子は……」

司馬は相手の言葉を遮って、ぴしゃりと言う。

「まだ貴殿らに明かすわけにはいかぬ。皇子は——孫は今や、私の最後の希望だ。娘を失った私にとって」

司馬のその言葉に、男は痛ましげに頷いた。こいつらは親子関係を持ち出すと、たいそう食いつきがいい。

金母《きんぼ》と呼ばれた女と、その手下たちとつながりを持ったのは、偶然に近い。皇帝に対抗するために接近した皇族が、たまたま彼らを支援していたのだ。

持っていて困る人脈ではないと思って近づいてみたが、よく見ると康の王族とつながりを持っていたので、司馬は距離を置くようになった。当時彼は、寛とのつながりを深めることを重視していたのだ。

だが念のためにと接点を保持しておいてよかったと、今になってしみじみ思う。今は寛側に近づけない事情があるので、なおさらだ。

「娘御のことは、まことに残念であったな」

まるで我がことのように辛《つら》そうに言う男を、司馬は冷ややかに見ている。彼らのその感情は決して嘘ではない。だが彼らは、彼らの内にある矛盾や時を経るうちに発生する変質を自覚していない。そのうえで発せられる感情のうすっぺらさときたら。そしてそのうえで動くことの、迷惑なことといったら。

　そもそも金母の「教え」とやらは、母と子の関係を大事にしているのではなかったのか。父と子の関係を彼女は説いていたのか。母から子を奪うことを忌避する教えのわりに、彼女を猛烈に信奉していた鄒王・攝がやったことときたら。先の反乱の際、馮王家の王太妃より先に、幼い馮王を殺そうとしたのではなかったか。

　司馬は矛盾を自覚していない人間は嫌いである。欲望一辺倒の人間のほうがよほど好きだ。その点では、金母にくっついて甘い汁を吸っていた、呂端《りょたん》という役人……あれは、司馬の好きな型の人間だった。

　けれども今はこの男たちを利用するしかない。

「まったく、どこから漏れたことか、後宮でも孫の生存が噂されたという」

「しかしきちんと始末したのだろう？」

「ああ、後宮内を引っかき回し、皇后がしばらく離れられないようにしたつもりだ」

　男は安心したような、それでいて不本意そうな顔をした。皇后に金母を殺されたために恐れる気持ちと、仇《かたき》をとりたい気持ちがないまぜになっているのが、傍《はた》から見ていてもよくわかった。

　司馬は矛盾を自覚していない人間は嫌いだ。

だから自分自身のうちにある、矛盾については静かに見つめている。

もうすぐこの矛盾から解放されるはずだ。

※

廃皇子の死罪を告げにいった使者が死んだという情報は、真桂そして紅燕にすぐに共有された。

「わたくし、その者と後宮の人間のつながりについて、いささか調べてみますわ」

真桂が申し出ると、紅燕が「やめておきなさい」とたしなめてきた。

「あんな事故に巻き込まれた直後よ。あなたがへんな動きをしては、痛くもない腹を探られることになるわ」

「あら、わたくしのお腹が痛くないのだと信じてくださるのですね」

真桂が若干の皮肉を込めて言うと、紅燕がふいとそっぽを向いた。どうやらほんとうに心配してくれていたらしい。わかってはいたが、なかなかにひねくれ曲がっている少女である。

「わたくしも心配ですよ、李昭儀」

皇后の言い回しは、明快だ。その発言に至るまでの思考の道に、苦しい迂回《うかい》や勾配《こうばい》があったとしても、自らの意見を発するときには彼女はまっすぐ整備する。あるいはそうしようとしている。

彼女のそういうところを真桂はいつも好ましいと思っていた。

「もったいないお言葉です、娘子《じょうし》。ですがこれは本分の『ついで』として行いますので」

「ついで？」

紅燕が、そっぽを向いていた顔をこちらに戻してきた。

「ええ……この件にかかわることとしまして、この場を借りて娘子に啓したき由がございます」

紅燕に向かって頷くと、真桂は椅子から立ち上がると皇后の前に跪《ひざまず》いた。

「どうぞ。そしてお立ちなさい」

皇后も真桂の発言を不思議に思っていたようだが、まずは真桂の願い出を聞きとどけてくれた。

「感謝申しあげます」

真桂は立ちあがり、意見を述べはじめる。

「司馬氏が廃されてから、宮中の各種行事について娘子のご負担が増えております。ここはひとつ、妃嬪《ひひん》たちの情報を洗い、役割の分担を行うべきではないかと思っております。それに伴い、わたくしが妃嬪たちの家柄や係累を照会したく存じます」

「なるほど……その際に、先ほどの件も調べてくれると」

「そのとおりでございます」

「けれどもそれは、あなたの負担が大きいのでは？」

皇后はあまり乗り気ではないようだったが、紅燕が真桂に加勢してくる。

「わたくしは李昭儀の提案に賛成ですわ。一時的に李昭儀の負担は増えるでしょうが、その間のことについてはわたくしがいくつか引き受けます」

心意気だけはありがたい申し出であったが、真桂は思わず「大丈夫なの？」という目を向けてしまう。

前々からごく自然に二人は、後宮にかかわることを分担するようになっていた。真桂が妃嬪たちの管理を。そして紅燕は外命婦《げみょうぶ》と呼ばれる、後宮外で位をもつ女たちを含めた皇族とのつながりの確保につとめていた。それぞれ得意とする分野がだいぶ違うのだ。

真桂の眼差《まなざ》しを受けとめた紅燕は、それで不快になるようでもなく、「大丈夫」というふうにひとつ頷く。そして皇后に向かって、真剣な顔で語りはじめた。おそらくは真桂にも説明する意図をもって。

「今であれば、わたくしは生家に助言だけを求めるかたちで、李昭儀の仕事を処理することができます。しかし……お、畏《おそ》れ多くも今、娘子に今なにかございましたら、わたくしどもでは手が回らず、帝姫《ていき》である馮家の王太妃が取りしきることになりかねません」

ここまで聞いた皇后は、思案げな様子になった。

紅燕の言葉はまだ続く。

「もちろん彼女が誠心誠意務めることは、娘であるわたくしが保証いたします。とはいえもはや王太妃は他家に嫁した者。その者に任せるということは、最後の手段であり、わたくしどもはそうならないように事前に手を尽くすべきかと」

聞いていた真桂はかなり驚いた。皇后大好きっ子である紅燕が、皇后に対して聞きようによっては不敬ともとれる発言をするとは。皇后が許すとしても発言者本人にとってかなり神経をすり減らしたはずだ。

彼女の弱みはそこで、皇后に嫌われないとわかっていたとしても、皇后に批判的なことを言うのがとにかく嫌で、皇后に忠告をすることがなかなかできないというところであったのだが。

皇后はひとつため息をついた。そこに怒りや落胆は含まれていなかった。

「忠言に感謝します……たしかに両名の言うとおりだわ」

「ではご許可を……」

「ええ、許します。けれども無理はしないこと。負担が大きい場合は相談のうえ、わたくしたち三人でやり方を考え直しましょう」

「御意」

真桂と紅燕は揃って頭を下げた。

翌日から真桂はさっそく動きはじめた。内侍省《ないじしょう》と呼ばれる、宦官《かんがん》たちの詰め所に赴き、妃嬪たちの記録をおさめる書庫に案内させる。ほかの建物から離れたところに立っているため、真桂は少し歩かされた。

「……こちらでございます」

固く閉ざされた扉が開かれると、ひんやりとした空気にのって、紙と墨の匂いが鼻孔をくすぐり、真桂は身を震わせた。

この香りが好きで好きで仕方がない。どんな香料よりも真桂の心を安らかにし、同時に昂《たか》ぶらせてくれる。

けれども案内の宦官は、真桂の震えを寒いからだと思ったらしく、こっそりと提案してきた。

「やはり火鉢を持ってまいりましょうか」

書庫は当然火気厳禁である。真桂は表情を動かさなかったが、内心では眉《まゆ》をひそめていた。けれども相手の思惑が阿諛《あゆ》であるにせよ、表向きは真桂の身を気づかっての発言なので苦言を呈することはできない。

「かまわないわ。外套《がいとう》もいくつか持ってきたから」

真桂は背後に侍《はべ》っている細鈴から布包みを受け取ると、宦官に向かって言った。

「それに、二刻おきにわたくしの宮から茶を持ってこさせるから大丈夫よ」

「かしこまりました。鍵《かぎ》は開けておきますので」

「開けておくの？」

思わず聞きかえしてしまった。貴重な記録が入った書庫の鍵を開けておくこと、そして今の言い方だと彼は書庫には残らないということ。もし真桂が資料を持ちだしたら、どうするというのだ。

「はい。中から鍵は開きませぬゆえ。なにかご用がございましたら、人をやってお呼びください」

さすがに非難めいた響きを帯びてしまったが、幸い宦官は気づかなかったようである。彼はぺこぺこと頭を下げると、足どりも軽く来た道を戻っていった。

真桂がふんと鼻を鳴らすと、細鈴が案ずるような声を出す。

「昭儀さま」

「仕方がないわ。人手不足ね」

「そういうことではございません。ほんとうにお一人で籠《こも》られるのですか？」

「だってあなたを入れるわけにはいかないもの」

入庫許可は、あくまで真桂一人に与えられたものである。だから真桂は細鈴を帰らすつもりであった。書庫の外にずっと突っ立たせているわけにもいかない。

「それにあなた風邪ぎみだし」

「お薬はいただいておりますわ」

などと言いつつも、鼻をぐずぐずと言わせているのだから説得力はない。

「いいから戻りなさい。お茶のこと、ちゃんと言いつけておくのよ」

「はい……」

不承不承というふうに頷《うなず》くと、細鈴はとぼとぼと来た道を戻っていった。先ほどの宦官とは対照的な足どりであった。

彼女を見送ると、真桂は書庫の中に入った。薄暗いものの、明かりとりから差し込む光で中を見回すには充分である。

真桂はふふと笑って、書架の間を踊るように歩き回った。お目当ての資料の場所はわかっているが、ひさびさに書物に囲まれるという夢のような機会を堪能《たんのう》したかった。

真桂は書物というものを愛している。

書かれているものが高尚であれ低俗であれ、あるいはただの記録であれ、書物というかたちになっているものを愛している。

仮に春画であったとしても真桂はそれを粗末には扱いたくない……といっても、後宮で妃嬪が春画を持つのは罪に問われるので、発見次第早急《さっきゅう》に責任者を追及するが。

くるくると辺りを見回しながら歩いていると、部屋の隅に鐘があるのが見えた。火事のときにはこれを鳴らすのだ。さっきの宦官、呼びに行かせなくてもこれを撞《つ》けば来るかしらと思いながら、真桂は指先で軽く撫《な》でた。

そして明かりとりの窓の位置も確認する。差し込む光は、置かれた椅子の位置と絶妙にずれていたので、真桂は椅子を動かした。

思う存分「書庫」という空間を満喫した真桂は、さっそく妃嬪たちについての記録を読みはじめる。

新しい時代のものは比較的入り口の近くにあるのかと思っていたが、排列の問題で倉の奥のほうにあった。だが真桂にとってそれは好都合だった。明かりとりの窓の近くだったからだ。

真桂は二、三冊子を取りだしてじっくりと読みはじめる。持ちだしはできず、転記もできないから、すべて頭の中に入れなくてはならない。

現在、後宮に住まう妃嬪の数は少ない。すべての階級で定員を満たしていないのだから大概だ。それは記憶する手間のうえでは幸運であったが、現状がこうなっている原因であるという点では不幸であった。

当今は後宮を縮小する傾向にあったし、事実かつて大幅な人員削減を行った。皇后もそれをよしとしていたがそのひずみがここに出ている、と真桂は思っている。

妃嬪たちも一種の官僚であり、主に儀礼面であるが担う仕事が存在する。特に高位の妃嬪がごく少ない以上、責任者として任せられる者が少なく、業務のかたよりが目立つようになってきた。

皇帝は実利主義な性質が強く、経費削減を主な目的として人員削減を行った。やり方としてまっとうではある。だがそれに伴い妃嬪たちが担う仕事を減らさないと、意味がないのである。皇帝もおそらくわかってはいるのだと真桂は思う。

だが妃嬪たちが担う儀礼というものは、減らすこと自体は簡単であるが、うかつに着手すると、手痛いしっぺがえしを食らう類《たぐい》のものである。だからそちらの改善が進まないうちに、想定外に高位の妃嬪が減少してしまったため、現在こうなっている。

今にして思えば数年前の人員削減は、もっと慎重になってもよかったのではないかと真桂は思っている。これは皇帝に対する批判であるので、口には出せない。

皇帝に同意した皇后もまた同様の批判に値するのであるが、当時まだ経験が浅かった彼女に説明不足だったという点で、これもまた皇帝の責任に帰するであろう。

または当時、まだそこまで彼女に言うことのできなかった真桂自身の責任でもある。今の紅燕がそうであるように、真桂もまだ皇后に対して踏みこむことのできない部分が多かった時期だった。

上に立つ者がどれほど優秀であったとしても、施策において完璧《かんぺき》だということはまずありえない。これはきっと勝ち戦であっても、犠牲者が一人も出ないことはありえないということと似ているのではないかと真桂は思っている。戦を経験したことのない小娘の、浅薄な考えではあるが。

特に施策は、結果が出るのが年単位である以上、予期せぬ事態に左右されるものでもあるからだ。今回その瑕疵《かし》の部分が、真桂たちにとって身近なことだったというだけの話である……と考えれば、身も蓋《ふた》もないだろうか。

真桂は苦笑しながら、頁をめくる。最初は曹才人の項目から。

真桂の調べ物自体はあっさりと進んだが、読むだけで終わるような事柄ではない。妃嬪同士の関係なども考慮しながら検討するのだから、同じ資料を二回、三回と読み返す。真桂はこういうことが嫌いではない。むしろ大好きである。何回も何回も繰り返し読んでいると、自分の中で知識の断片がぴたりとくっつく瞬間がある。その瞬間を迎えるのが好きだ。

同時に自分の特性は、万能ではないことも真桂は知っている。真桂は書物を読んで得た知識に左右される。先の相思子についてもそうだ……書物にあまり書かれていないことについてはうとい。

出来るならば本草学についての本を、一度しっかりと読みかえしたいところであるが……後宮に居る身では毒物に関わる書物の入手も規制される。こんなことならば、入宮する前にもっとちゃんと読んでおけばよかったと、真桂は悔やんでいる。しかし人生は短く、書物はあまりにも多いのだ。

ほとほと、と扉を叩《たた》く音が耳に入り、真桂は椅子から立ちあがった。書庫の扉に向かい、外をのぞく。

「昭儀さま、お茶です」

細鈴ではない女官だった。

「ありがとう。細鈴は休んでる？」

「はい、だいぶ渋っていましたが」

苦笑する女官に同じ笑みを返し、真桂は扉からするりと抜けでるようにして外に出た。

日差しのまぶしさに目を細めながら、茶杯を受けとる。一瞬痛みと勘違いするくらい熱さを感じて、自らの指先が冷えていることを感じた。

「中でお飲みにはなりませんの？」

「水物を持ちこみたくないのよ」

うっかり零《こぼ》して、黴《かび》を生やすような真似はしたくない。

「……ごちそうさま、おいしかったわ」

「もう一杯いかがですか？」

「……そうね」

正直心引かれる提案であったが、あまり飲み過ぎても困ることになる。このあたりに用を足す場所はない。

「やっぱりいいわ……また二刻後に」

書庫に戻った真桂は、日差しの角度が変わっていることに気づいた。椅子の位置をふたたび変える。日はどんどん短くなっているから、調べ物ができる時間はさほどないだろう。それにどんどん冷えこむはずだから、無理をせずに帰ろう。

これで風邪を引こうものなら、「無理をしないように」と言った皇后の意向に背くことになるし、皇后が自分でいくつか仕事を担うことになりかねない。それは避けたいところであった。元々彼女の負担を減らすためにやっているのだから。

※

その日の夕方、小玉が真桂がいるという書庫に向かったのは、偶然によるものではない。さすがに二刻おきに茶を運ばせるという動きが、話題にならないわけがなく、当然小玉の耳にも入ったからだ。

事情を聞いて仰天した小玉は、温かい生姜湯《しょうが》と、手持ちの衣装の中でいちばんもこもこな外套を清喜に携えさせて書庫に向かった。

「うかつだったわ……まさか火のないところで、長時間本を読み続けさせることになるなんて」

「曹才人のこと、責任感じてたんですかねえ」

清喜もさすがに茶化《ちゃか》す様子ではない。書庫に籠《こ》もるという行為自体に、真桂が喜びを見いだしているということはさすがに想像の埒外《らちがい》なのだろう。

「こんなことなら、あたしが紅霞宮に持ってこさせればよかった」

基本的に持ち出し厳禁な記録ではあるが、皇帝と皇后の命令であれば持ってこさせることが可能である。小玉立ち会いのもと、真桂に見せてあげればよかったと小玉は今さらながら後悔していた。

「閨房《けいぼう》の記録のほうの倉じゃないと、そこまで制限かかってないだけに、実際に行こうとしたんですかねえ」

「そうかもね」

閨房の記録については、後宮内でも特に厳重な管理をされている。皇后が月に一回確認したら、その後は書庫にしまいこまれる。ここには皇后の許可があっても、妃嬪《ひひん》は入れない。

妃嬪の経歴よりも、誰が何度皇帝と同衾《どうきん》したかのほうが重要なのは、少しおかしいかもしれない。だが、これらの記録は妃嬪の懐妊時に皇帝の子かどうか判断するための、重要な材料になるのだ。したがって特に妃嬪たちは、利害がからむ関係上改ざんのおそれがあるため閲覧が制限されるのだ。

「とにかく、記録ごと李昭儀を紅霞宮に持っていくわよ！」

「持って……いや、確かに娘子《じょうし》だったら李昭儀くらい軽々と『持って』いけるでしょうけど。しかも喜ばれるでしょうけど」

そんな会話をしながら歩いている小玉は、ふと足を止めた。

「……きな臭い？」

「えっ……気配ですか？」

きょろきょろと見回す清喜に「違う」と、鋭い声を発する。

「ほんとうにきな臭い」

なにかが燃える匂いがする。

小玉はばっと天を見上げた。四方を見渡し……今自分が向かおうとしている方向に白い煙が立ちのぼっているのが見えた。

「火事よ！」

小玉は上衣をばっと脱ぎ捨てると、そちらの方向に走り出した。

「娘子！」

清喜もその後に続く。二人して「火事だ！」と叫びながら走っているうちに、きな臭い匂いはあからさまなものになっていく。そしてどこが火元かも検討がついてしまった。

書庫だ。

真桂がいるという場所。

「清喜、あんたは人を呼んできなさい！」

「はい！」

こういうとき、よけいなためらいを見せない彼は実に頼もしい。内侍省のほうに駆けだす彼を見もせず、小玉はきな臭い匂いの発生源のほうへ向かった。それを呼び寄せるかのように、鐘がかあん、かあんと鳴り響く。おそらく火元にいる人間が鳴らしているのだろう……もしかしたら真桂。

しかしその音はほどなく鳴り止み、小玉は肝を冷やした。

まさか、鳴らせない状況に陥っているのか。

書庫にたどりつくと、小玉はまず入り口を見た。半ば開いた扉の間から火が出ている。中に突入するには全身を濡《ぬ》らさなくてはならない。

こういう場所の近くには、確か井戸があるはず……小玉がぐるりと辺りを見回すと……井戸を見つける前に、聞き慣れた声が耳に飛びこんだ。

「娘子！」

ぱっと見上げると、明かりとりの窓から真桂が顔をのぞかせていた。

「李昭儀！」

「娘子！　どうかこれを遠くへ！」

真桂は手にした物をぼんぼん投げる。走りよった小玉は、窓の下にいくつかの書物が落ちているのを見た。

「危のうございます、娘子！」

そう言いながら真桂は、片っ端から書物を投げる。彼女は書物を守ろうとしているのだ。

だがしかし、彼女の腕力はそこらの妃嬪よりは上だが、書物を遠投できるほどではない。燃えやすいものを火元の近くに放り投げられても、延焼の危険が高まるだけだ。隣にはまだ火は移っていないものの、もっと貴重な資料がおさめられている書庫があるのだ。

――そうだ。

小玉は再び辺りを見回すと、今度こそ井戸を発見した。両手に持てるだけの書物を抱えると、そちらに向かって突進する。そして井戸の中に放り込んだ。

続いて井戸から水を汲《く》み上げて、今度は自分が頭から被《かぶ》る。現在真桂が新鮮な空気を吸える状態である以上、自分が一人いたずらに突入するべきではないと判断したものの、被っておいて損はない。

そうして書庫の近くに桶《おけ》を持って駆け戻ると、真桂がまた投げた書物を集めて入れて、再び井戸にぶちこむ。それを何度も繰り返すより早く、清喜が新たな桶だのなんだのを持ってきた宦官《かんがん》たちを引きつれて戻ってきた。

「娘子！　呼んでまいりました！」

小玉の予想よりもだいぶ早い。もしかしたら清喜が呼びにいくより早く、誰かが動いていたのかもしれない。

小玉は真っ先に指示を出した。

「清喜、その外套《がいとう》広げて李昭儀を受けとめるわよ！」

「はい！」

抱えっぱなしだった例のもこもこの外套を清喜が広げ、彼以下数名の宦官たちが端《はし》を持つ。

「李昭儀、飛び降りなさい！」

真桂は小玉の指示に従順ではなかった。戸惑うように背後を……書庫の中を気にしながら、こんなことを叫ぶ。

「でも、中の記録が……」

「飛び降りなさい!!」

小玉の渾身《こんしん》の一喝に、真桂は「はいぃ！」という声をあげて飛び降りた。

けれどもそんなに簡単に、外套のどまんなかに落っこちてくれはしなかった。

「もうちょい左よ！」

そう叫びながら、小玉は清喜の腕をぐいっとひっぱる。

「はいぃ！」

真桂と似たような声をあげて、清喜が三歩後退する。併せて他の宦官たちも半ばつんのめりながら移動する。誰かが転びそうになった寸前、真桂が外套のど真ん中にぼすっとおさまった。しかし人一人を受けとめるのはたいへんな衝撃である。二名ほどの手から外套が抜け落ち、真桂は地面に転がった。

小玉は真桂の腕を摑《つか》み、遠ざけながら「怪我は⁉」と問う。

「だ、大丈夫、です……」

咳《せ》きこみながら言う真桂は、身をがくがくと震わせてはいたものの確かに命に別状はないようなので、近くにいた宦官の一人に任せた。

そして矢継ぎ早に指示を出す。

「泥は持ってきた⁉」

「はい！」

「じゃあ、四名は、こっちの明かりとり閉じて！　これは閉じるだけでいい！　それからあっちの目張りして！　残りはあたしと一緒に水汲み上げて消火！」

そう言って小玉は、井戸に駆けよる。中にさっきほうりこんだ書物が浮いているが、汲《く》み上げるのに支障はない程度だった。

小玉や清喜をはじめとする宦官たちは、一列に並んで水をじゃんじゃんかけていく。小玉に指示された四名は、まず真桂がいた書庫の明かり取りの窓を閉める。そして隣の貴重な資料が収蔵されている書庫の明かり取りの窓の隙間を泥で目張りしはじめた。

内部に新鮮な空気が入れば入るほど、火は激しく燃える。したがって延焼を防ぐため、窓の周囲を目張りするのである。そうすれば中の可燃物はほぼ完全に守られる。

真桂がいた書庫は、もうある程度燃えるのは自明の理、最低限の空気の流入を抑えるだけにとどめ、小玉たちは消火活動に専念した。

火は四分の一ほどの記録を焼いたところで、消しとめられた。

そしてその中から、焼死体が発見された。

「曹才人です……」

恐怖によるものか、震えが収まらない真桂が、我が身を抱きしめながら証言した。

※

「俸禄《ほうろく》を半年、完全に返上しろ」

文林に命じられ、小玉は深々と頭を下げた。

「御意」

彼の命令は、小火《ぼや》の責任を追及するものだった。そして罪人予備軍だった曹才人をみすみす死なせたこと、さらには曹才人を見張っていた者も死なせたこと……直接の責任者の差配のよしあしはさておき、これらすべて後宮内で起こったことだ。皇后として小玉は当たり前のこととして受けとめる。むしろ人二人の命と引き換えにするにしては、軽いのだろうか。ならば当たり前と思うのは間違っているのだろうか。

自省する小玉だったが、だが文林の次の言葉には抗議の声をあげた。

「李昭儀は才人に降格」

「お待ちください、大家。此度《こたび》のこと、わたくしが許可を出したものです」

「そのことも含めての、俸禄の返上だ。お前の罰と李才人の罪は違う」

もはや降格は既定の事実として文林は述べる。

「もしものことが起こった場合に、十全な対応ができない状態で書庫に入り、そしてそれを放置したのは李才人だ。そして実際にもしものことが起こった」

「確かに……そうです」

小玉は顔を俯《うつむ》けさせた。

「責任とはそういうものだ。もっとも責任を取らせるのは、李才人だけのことではないがな」

「内侍省も……曹才人も」

「そうだな」

曹才人は、真桂とその父に恨みがあったのだという。原因はもちろん件《くだん》の借金である。しかし最近、その借金を立て替えてやろうと申し出た者がいた。それがつい先日亡くなったのである……鳳の死罪を告げにいった使者である男が。

曹才人は、彼が死んだのは真桂のせいだと思いこんで、もろともに死ぬことを図ったのだという。そして曹才人だけが死んだ。

もちろん死んだ曹才人が証言できるわけはない。だからこれはすべて、真桂が語ったことである。

「万が一にもないと思うが、付きあいが長いからといって、李才人の証言を鵜呑《うの》みにするなよ」

「わかってる」

文林はうなずくと、一言添えた。

「宮は今のまま使わせろ」

つまり、証言に虚偽がなければ、機会を見計らって昭儀に復帰させるということだ。小玉も頷《うなず》いた。

「妃嬪《ひひん》たちの拘束のことも、きちんとてこ入れしないと」

ここ最近を除いては、小玉が皇后になってからあまり問題が起こっていなかった後宮である。まさか妃嬪たちの監視が、あそこまでゆるいものだったとは……と小玉は頭を抱えている。

「ところで、井戸の件聞いたぞ。よくやったな」

文林がふと、声音を少しだけ優しいものにする。

「うん……あんたが教えてくれたこと、役に立ったね」

小玉もやや口元をほころばせた。

しっかりと乾いた墨は、膠《にかわ》が含まれているから水濡れ程度で文字は消えない。したがって商家では火事の際、帳簿を井戸の中に突っ込んで蓋《ふた》をするのだという。

それを小玉に教えてくれたのは、他ならぬ商家育ちの文林だった。

もう何年も前のことである。

文林は「それに……」と言って、小玉の頭の上から足のつまさきまでをじっくりと眺めて笑う。

「お前にどこも怪我はない……最悪の状態の中では、最高の結果だ」

「おかげさまで」

小玉は笑う。文林も同様に笑うと、懐から手紙を取りだした。

「鴻が心配していたから、文を預かった」

「あ、はい」

思わず間の抜けた声をあげる。この父子、仲よくなった。

「会いに行くのを我慢させているから、返事を早めに書いてやれ」

びっくりするほど仲よくなった。

※

――いいかげん限界だろうか。

司馬は頭を悩ませていた。なにが限界かといえば、味方につけた男たちをごまかしつづけるのが。

男たちは一向に皇子に会わせようとしない司馬に、かなり苛立《いらだ》っているようだった。しかし司馬にも会わせられない理由があるのだ。

先に折れたのは……というよりも、特に求めていない妥協案を提示してきたのは男たちのほうだった。

「この方にお会いすれば、そなたも我々のことを信じるだろう」

はてさて、どれほどの人物が現れるのかと思いきや、現れたのは康の王族だった。なるほど金母が長らく潜伏できたわけだ。

「そのほうは知らないだろうが……」

彼から説明された金母の「事情」とやらは、確かに司馬を驚かせるものであったし、鄒王の矛盾についてもある程度は納得できるものであった。

けれどもだからといって、特に感銘を受けはしない。

※

秦《しん》雪苑は、市を足早に歩いていた。腕に抱えている息子は、最近据わった首を伸ばして、辺りを見回している。大きく見開いた目が、母親から見てもかわいらしい。

「雪苑ちゃん」

呼びかけられ、雪苑はこっそりため息をつく。誰にも呼び止められたくなくて急いでいたというのに。けれども無視するわけにはいかない。おつきあいというものもあるし、なにより相手のことが嫌いではないのだから。

「こんにちは、小母《おば》さん」

何種類かの果物を売っている女性は、にこやかに笑って雪苑と息子に手を振る。

「今日はお休みなのかい」

「うん。阿蓮さんのところに行こうと思って」

今日は、阿蓮の家に顔なじみの医者が来る日だ。小さな子がいる母親たちが集まって、我が子に異常がないか見てもらう。

女性の前で足を止めて、阿蓮は林檎《りんご》を眺めた。小ぶりではあるが、いかにもおいしそうだ。いくつか買って持っていこうか……と考えはじめる。たまたま立ちどまったが、これはこれで好都合かもしれない。

「たいへんねえ、子ども育ててるのに仕事も忙しくて」

「そうですね」

適当に返事をしながら、林檎を八つ選ぶ。自分用に二個、あとは医師と阿蓮と千姫に二個ずつあげようと算段を立てる。

「これに入れてください」

懐からいつも持ち歩いている袋を引っ張りだして女性に渡す。続いて代金を。

「ほら、一個おまけ」

「あれ？　いいんですよ。いつももらってるんで」

「いいのよ。雪苑ちゃんたいへんなんだから。ほら、特に大きいの」

「……ありがとうございます」

予定より一個増えた袋はずしりと重くて、すでに赤子を抱えていた腕にはなかなかの負担だった。

「それで雪苑ちゃん……」

なにか言いかけた女性を、雪苑はさえぎる。

「あ、うちの子そろそろおしめ替《か》えないとなんで、もう行かなきゃ」

嘘ではない。いつの間にか腕の中で息子が踏んばりはじめていた。

阿蓮の家の前に着くと、ちょうどやってきた千姫と出会った。彼女は自分の息子と、冬麗が産んだ娘を抱えていた。雪苑が挨拶《あいさつ》をしようと口を開きかけたところで、千姫は唇の前に指を立てる。

雪苑が口を閉ざして彼女の腕の中を覗きこむと、赤子は二人ともすやすやと寝ていた。

雪苑は声を抑えて、もう一度口を開く。

「おねむなのね」

「そう」

ふふ、と笑いあいながら二人、阿蓮の家に入る。阿蓮に静かに挨拶すると、二人で二階に上がった。まだ誰も来ていなかった。

床に布を敷き、赤子をそっと転がす。寝ていた二人のうち、冬麗の娘がちょっとむずかりはじめる。雪苑の息子は元気いっぱいに起きているが、依然踏んばったまま足をぴんと伸ばしているので大人しい。

「あたしちょっと、阿蓮さんにおみやげ渡《わた》してくる」

千姫に林檎を渡してから、阿蓮は立ちあがる。

「わかった。あたしはあとで、栗渡しに行くから。あんたの坊が落ちついたら、おむつ替えとくね」

「ありがとう」

声を潜めながら言葉を交わし、阿蓮は二個の林檎を手に階下へと向かった。

「いつもお世話になってます。少ないんですが、今日はこれ……」

謙遜《けんそん》などではなく、実際この家に林檎二個は少ないだろう。しかし阿蓮本人に、これくらいでいいのだと言われている。

阿蓮は林檎を受けとり、破顔する。

「あら～、ありがとう。みんな気をつかってくれて！」

雪苑にかぎらず、皆こまごまと食料を差しいれているので、渡す量が多すぎるとかえってたいへんな場合がある。そんなことを彼女は、遠回しな表現で説明してくれたことがある。阿蓮本人は、嬉《うれ》しいんだけどねと苦笑はするものの。

気持ちはわかると、雪苑も思う。脳裏には、さっきもらった大きい林檎のことが浮かんでいた。

今日は明慧の息子を連れて、皇后の甥《おい》も来るはずだ。あの林檎は彼に渡そうと思った。

おそらく迷惑ではないだろう……けれども実際に迷惑かどうかは、口にしないかぎり、あるいは口にしたとしても本人以外にはわからないのだ。

「ねえ、雪苑ちゃん」

「はい」

「皇后さまのことで、なにか聞いてない？」

阿蓮は皇后本人には本名で呼びかけるが、第三者――少なくとも雪苑たち――の前では、「皇后さま」と言う。

「いいえ」

「そう……」

雪苑が首を横に振ると、阿蓮は物憂げな表情になった。

「なにかあったんですか？」

「いえね、うちのお客さんたちの間でも、けっこう噂になっててねえ。近ごろ、皇后さまはたいへんな目に遭われているとか……」

「近ごろ？」

下っ端である雪苑から見てさえ、皇后は最近どころではなくいつだって大変な目に遭っている気がするのだが。

「ほら、最近後宮で火事が起こったりとか……色々と巻きこまれてるんでしょう？」

「ああ……」

雪苑が頷《うなず》くと、阿蓮は頬に手を当ててため息をつく。

「かわいそうにねえ」

「…………」

なんとも答えられなかった。今の雪苑にとっては、他人に向けられたものであっても、耳にしてあまりいい気持ちはしない言葉だった。

「お育てになった皇子さまが太子になられたとたんに、こんなことばっかり。色んな嫉妬《しっと》もされてるんだわ」

「そうかもしれませんね」

「自分の子どものことじゃないのに、こんなたいへんな目に遭うなんてねえ……かわいそうに」

もう一度呟《つぶや》く阿蓮に、雪苑は適当に返事をして、また二階に戻った。ちょうど他の母親が子どもを連れてやってきたので、阿蓮はそちらの応対に向かった。

「雪苑、どうしたの？」

戻った雪苑を見て、自身の息子を抱えた千姫が怪訝《けげん》な顔をする。冬麗の娘は、まだすよすよと眠っていた。

「なんでもない。おむつ……」

「替えたよ」

「ありがとう」

座りこんで雪苑は、自分の息子を抱きかかえる。息子が自分の胸元に顔をこすりつけはじめたのを見て、「こっちもおねむかな」と呟くと、千姫が「今度はこっちがお目覚めだわ」と笑った。

目を向けると、大花が目を閉じたまま顔をしかめていた。うぅ……とうめき声をあげて、自分の顔をこすりはじめる。

「大花、もうそろそろ起きよう？」

千姫がささやきながら、大花のお腹や頬を撫《な》でる。

雪苑も声をかける。

「上手にお昼寝できたねえ」

「ふぁ……」

半泣きになりながら目を覚ます彼女に、我が子に対するのとまったく同じ、たまらないほどの愛《いと》しさを感じる。千姫と顔を見あわせて、それがお互いに共通する感情であることを悟った。

自分の子ではない赤子に、そんなことを感じる自分を雪苑はまるで「かわいそう」だと、思わなかった。

目を覚ました大花が、千姫の手に触れようとする。正しくは、千姫の腕に巻かれた、黒い無患子《むくろじ》の腕輪に。

雪苑の腕に巻かれているのと同じ腕輪に。

※

昼なのに提灯《ちょうちん》に灯《あか》りをともさせ、真桂はそれを眺める。

懸念に反して、炎を前にしても恐怖を覚えなかった。

あんな目にあったのだから、当分火気に怖《お》じ気《け》づくと自分でも思っていたというのに。

あまりにも書物が心配なあまり、他のことを心に残す余裕がなかったのかもしれない。書物を司《つかさど》る神仙に感謝である。

あの火事のとき、あれほど近くに火に迫られたにもかかわらず、真桂は日常生活をつつがなく送っている。肉体的にも精神的にもだ。もちろん自主謹慎中の身、制限はかけられているのであるが、真桂はこの件については苦を感じていない。

寝室で枕にもたれかかり、ちらちらと揺れる灯りを眺めながら、真桂はあの日書庫で起こったことを想起する。

そろそろ宮から茶が届くころだと思った真桂は、書庫の扉が開く音にぎょっとした。宮の者には入ってはいけないので、扉を叩《たた》くだけにするよう言いつけていたのに。

「なぜ入って……」

叱責《しっせき》を含んだ声を上げかけた真桂は、三重くらいの意味でおどろいた。

「ごきげんうるわしゅう、昭儀さま」

まず、そこに佇《たたず》んでいた者が灯りを持っていたということ、その者が真桂の宮の者ではないということ、そしてよりにもよって曹才人だったということ。

最初に火気について意識が行くのが、書物のことで頭がいっぱいだった真桂らしい。それでも真桂は、気づくべきところには気づいた。

「あなた……どうやって……」

彼女は拘束されているはずだ。こんなところに来られるわけがない。

真桂の疑問に、曹才人はひょいと肩をすくめる。

「侍女を身代わりにしたのよ」

あっさりと手の内を明かされ、真桂は曹才人の表情を探る。

拘束される程度の段階では、妃嬪《ひひん》たちへの監視はあまり厳しくない。逃げようにも後宮の外に出たら死罪確定だし、後宮の内でもいたずらに罪が重くなるだけである。つまり妃嬪であるということ自体が、妃嬪たちの身をなによりも縛るのだ。

だが、それが本人にとって意味をなさなくなったら？　そのことに気づいて、真桂は微《かす》かに震えた。気取《けど》られないようにするだけの意地はとりつくろったものの。

「そのようなことをしては、あなたもう二度と……」

「いいのよ」

真桂の言葉を遮り、曹才人は笑う。どこか常軌を逸していた。真桂はじり……と後退する。

「もうおしまいだもの……わたくしのお父さま。かわいそうなお父さま」

まるでうわごとのように父を呼ぶ曹才人に、真桂は静かな声を作って問いかける。

「あなたの父親と、今のこの状況がどうつながるというの」

「白々しいわね！」

曹才人がねめつける。単に眼球が灯りを照りかえしているだけだというのに、まるで光を放っているかのような強い眼差《まなざ》しだった。

「お父さまの借金を立て替えてくださる方が自殺したのは、あなたたちのせいでしょう!?」

「……はあ？」

真桂は思わず聞き返した。いやほんとなに言ってるのあんた。

その声があまりにも馬鹿にしたように聞こえたのか、曹才人の怒りに火がついた。この後のことを思えば、火がつくのは怒りだけにしてもらいたかったのだが……考えても詮《せん》ないことである。

しかし曹才人が激怒したのは、悪いことだけではなかった。この女、真桂が聞きだすまでもなくある程度事情をしゃべってくれたのだ。

曹家が李家に借りた金の返済を肩代わりしてくれる人間が現れたこと、そしてその人間が最近死んだこと……色々と余計な罵《ば》詈《り》雑《ぞう》言《ごん》も入っていたが、そのあたりのことまで聞き出したところで、真桂は冷静に指摘した。

「自殺に追いこむわけないじゃない。李家としては金が回収できればいいのよ。あなたたちみたいな不良債権からそれができる絶好の機会を、どうして潰《つぶ》すように仕組まなくてはならないの」

曹家から全額回収するのはかなり厳しくなっている現在、李家としても絶好の機会である。貸した金の返済さえされれば、その後曹家がその「ご親切な方」になにを強要されたとしても、こちらにはなんのかかわりもない。

「仮にその『ご親切な方』を死に追いやるにしても、返済が終わってからやるわ。それくらいのこともわからないの？」

「それはあなたたちが嫌がらせで……！」

「お金と、あなたのお家への嫌がらせ、どちらに価値があると思って？」

もちろん金である。

「この……！」

ぎりぎりとまなじりをつりあげる曹才人を、真桂はかなり冷静さを取りもどした目で眺めた。相手への呆《あき》れが、こんなにも気持ちを落ちつかせてくれるだなんて。

しかしその冷静さは、油断でもあった。

曹才人は不意に肩を落とすとくつくつと笑い……顔をあげた。

「もうどうでもいいわ、でもあなただけは許さない……」

真新しくもいやな思い出から立ち戻った真桂は、ため息をひとつつくと細鈴にひらひらと手を振った。

「……もういいわ、細鈴。消してちょうだい」

「はい」

近くに控えていた細鈴が灯りを消す。そして提灯を片づける。以前紅燕からもらった紙を使った提灯だ。彼女が片づけ終わるのを見計らって、真桂は細鈴に問いかけた。

「ねえお前、今回の件、どう思う？」

「ずいぶんふわっとした質問のように思います、才人さま」

長年仕えてくれた腹心は、容赦がない。そして突然の位変更にもちゃんと対応している、できる女である。

「……そうね、わたくしらしくなかったわ」

真桂は言葉を選びなおす。

「曹才人の裏に、誰かいると思う？」

「むしろいないほうがおかしいかと」

「そうよね」

半ば確認でしかない問いなので、返事がぞんざいでも真桂は気にしない。

「借金の肩代わりを持ちかけた相手の名前を調べたら、廃皇子に死罪を告げに行った使者なんですって……」

そしてその相手は十日ほど前に死んだのだとか。

そのことを告げると、細鈴はさすがに表情を深刻なものにする。

「では本当に、廃皇子は生きて……？」

「わからないわ」

真桂は寝台にどさっと倒れこむ。

「お行儀が悪うございますわ、才人さま」

「こんな昼間から寝室にいるというだけで、行儀どころではないわよ」

吐きすてるように言って、真桂はとうとうと語りだす。

「仮に生きていたとしても、このやりようは変よ。ただいたずらに、廃皇子の話題を出して引っかき回しているだけにしか見えない。そんなことをしてもなんの役にも立たないというのに……」

細鈴はなにも言わず、茶の用意をしはじめる。答えようがないというより、真桂が答えを求めていないことがわかっているからだろう。思考の整理をするとき、真桂は細鈴を相手にいつもこうする。もう慣れっこなのだ。

けれども次の言葉は、細鈴本人に向けたものだ。

「……ねえ、曹才人の件、韓婕妤は関与していたと思う？」

細鈴の手がぴたりと止まった。

「わたくしは……そうではないと思いたいのですが」

歯切れ悪く述べる細鈴に、真桂は頷《うなず》く。

「わたくしもよ」

韓婕妤は相思子の腕輪の件で、曹才人の肩を持つような発言をした。そのことがずっと真桂の頭の中でひっかかっている。死んだ曹才人のことよりもだ。

それくらいには、韓婕妤のことを嫌いになりたくないのだ。

彼女のことが好きなわけではない。ただ、嫌いになりたくないのだ。

「あーあ、わたくしもだいぶ甘い女だわ」

ごろりと寝返りを打つ主《あるじ》に、細鈴が苦笑を向ける。

「いたしかたありませんわ。よくお見きわめになってくださいまし」

「参考になる意見はくれないの？」

「わたくしは人を見る目があまりありませんので」

色んな意味で失礼な女官である。

剣呑《けんのん》な目で細鈴を眺める真桂だったが、不意に寝室の外からかけられた声に、がばっと身を起こした。

「馮王家の王太妃さまがお見えです！」

細鈴と目を見あわせる。

お招きした覚えなんて、ない。


言葉を飾らず表現すれば、相手に押しかけられたわけであるが、追いかえすわけにもいかない相手だ。

真桂は慌てて身支度を調えて王太妃を迎えた。

妃嬪という不自由な身、追い返すことなどできようはずもないが、心は自由なのでこの方なんで自分の娘のところに行かないのかしらと、率直に考える。

そんな真桂に、王太妃は優雅に茶を喫しながら問いかける。

「近ごろ流布している噂は耳に入っている？」

真桂はその優雅な所作に見とれる。実家から届いた珍しい茶も、曹才人などではなく、この人の口に運ばれたのであれば本望であろう。

しかし見とれて回答をおろそかにするような真桂ではない。即座に口を開く。

「廃皇子の生存について、でしょうか」

「それではないわ。わたくしがそなたに尋ねるとなれば、娘子《じょうし》にかかわることだけでしょうに」

広い意味でいえば、鳳のことも皇后にかかわりがあるのだが、王太妃にとって彼はもう路傍の石よりも興味を引かないものらしい。

真桂は無難な意見を述べる。

「娘子について……あまりお変わりはございませぬが」

いい意味で、ではない。

閉じこもっている身ゆえ、できることは限られている。しかしそれでもできうるかぎり情報は集めていた。皇后に対するよからぬ噂はあまり減ってはいない。やはり先の火災によるところが大きく、これは皇后に対する評価を著しく下げた。下がるのならば真桂の位だけに留《とど》まればいいものを……しかし人の口に戸は立てられない。これればかりは世の常だ。

仕方がない。

それでも真桂の言が「変わりはない」に留まっているのは、一部で評価が上がっているからだ。弟からの文によると、市井では皇后に対する同情的な意見が散見されるようになったという。だから範囲を後宮内に限定しさえしなければ、皇后に対する「噂」については相対的にはよくも悪くもなっていなかった。

王太妃は真桂の回答を聞くと、ため息をついた。

「近ごろ一皮剝《む》けたと思っていたけれど、買いかぶりだったようね。それともわたくしの目が衰えたのかしら」

心底がっかりしたという態度にかちんときたが、彼我の絶対的な立場の差を思えば口答えどころか反抗的な気配すら見せることはできない。

「不敏なわたくしに、どうかご教示くださいませ」

へりくだる真桂に、王太妃は傲然《ごうぜん》と命令する。

「ではこれから、わたくしに付き随い、娘子の御前《おんまえ》に参上しなさい」

「ですがわたくしは今……」

「才人ごときが、このわたくしの命に逆らうというの？」

王太妃の意図はまったくわからなかったが、皇后に会う機会ができたのは嬉《うれ》しいので、真桂は従順に頷いた。

紅霞宮に向かうと、皇后が驚いた顔で出迎えてくれた。

「王太妃さま。まさかおいでとは。すれ違いになるところでした」

「お出かけでいらしたのですか？」

王太妃は真桂に向けるのとはまったく違った、柔らかい笑みを浮かべている。

「ええ。お待たせしてしまっていたらと思うと、冷や汗が出ます。後宮内のことについて、もっと目配りをすべきですね」

「お気になさいますな。わたくしどもは押しかけた身ですから」

王太妃は小玉の両手をとって、親しげに話しかける。それ、すごくうらやましい。真桂にはとうてい出来ない仕草だ。

そして、押しかけたことについて、「ども」とひとくくりにするのは、ちょっとやめてほしかった。

「李才人もよく来てくれました」

「もったいないお言葉です」

王太妃という厳しい目の前だということもあって、真桂は気合いを入れてうやうやしく礼をする。どうやら及第点だったようで、彼女の眼光が急激に強くなるということはなかった。

「今日は、娘子をお慰めにまいりました」

王太妃は、皇后の手をとったまま優しく言った。対する皇后はとまどっている。

「慰め……無聊《ぶりょう》を、でしょうか？」

「いいえ、世の無責任な噂に傷つかれる娘子のお心を」

「………」

絶句する皇后の顔色を見て、真桂は王太妃の言葉が間違っていないのだと悟った。

「夫が存命の折、『おいたわしい』、とわたくしはよく言われました。時には公然と」

政略で結びついた夫婦だから、と王太妃は冷笑しながら言う。

「確かに嫁ぐことは意に染まぬことでしたわ。ですがそこからわたくしは、夫とふたりであがいて、幸せを感じるようになりました。二人の子にも恵まれました」

「存じておりますよ」

皇后は穏やかに相づちを打つ。

「けれども、『おいたわしい』という言葉は、わたくしたちの努力と感情を常に否定しました。おそらくは娘子も、太子について似た言葉を投げかけられ、わたくしと同じ不快感を味わっておいでなのではないでしょうか」

「………」

皇后は、言葉の上では肯定も否定もしなかった。横で聞く真桂はとまどっていた。これは極めて繊細な話であるし、馮王家の内実にもかかわる話だ。それを自分に聞かせる意図はなんなのだろう。

「わたくしの幸福感はまがいものなのかしら？　自分を騙《だま》しているのかしら？　わたくしの……夫の努力はないものにされるのかしら？　わたくしはそう思っております」

娘子はいかがでしょうか？　王太妃の再度の投げかけにも、皇后は曖昧《あいまい》な態度を保ったままだ。

「娘子、わたくしは初めて恋をした人とは結ばれませんでした。けれど、もし過去に戻ったとしても、夫の妻になることを願うでしょう。わたくしと同じ立場になって、そう願わない人がいたとしても否定するつもりはありません。けれど、願う私を否定されて黙っているつもりもないのです」

そう言い切ると、王太妃はそれまでずっと皇后に向けていた顔を、真桂に向けた。

そのとき真桂は悟った。なぜ自分が連れてこられたのか。なぜ自分でないといけないのか。

それは自分が、皇后にとって根っからの下位の存在だからだ。この件についてはかつて仕えていた相手である王太妃、あるいはその娘から言われたとしても、皇后の心には染みとおらないだろう。

だから自分を連れてきた……しかし今、王太妃の意のままに動くというのは、真桂の破滅と隣り合わせだ。

なぜなら自分に求められているのは、「妃嬪《ひひん》」が「皇后」に言うには、あまりにも不敬なことだから。


真桂は頭をものすごい勢いで回転させる。

自分は果たして王太妃の意向を読みちがっていないか、読みどおりだとしてそのように動いていいか、失敗した場合はどのように挽回《ばんかい》を図るか。

王太妃の目から期待が急速に失われていく。

「娘子」

彼女が顔を皇后に向け直そうとしたとき、真桂はようやく言葉を発した。

「恐れながら申しあげます」

「なんでしょう」

真桂は自尊心が高い。それは時によってよしあしが変わるが、悪いときには真桂自身を傷つけてきた。

真桂は挫折《ざせつ》を知らないわけではない。それだけに恥をかき、失敗するたびに、世界よ終われと願いもした。けれども終わってくれない世界に、憎悪めいた気持ちを抱くこともあった。けれども結局、世界は自分程度のために終わってはくれはしなかった。それは苦みを伴う事実であった。

これはきっと、曹才人が自分に対して思ったことと似ている。彼女は真桂が嫌がらせをしていると思っていた。真桂にとって、それほどの価値がある人間だと思いつづけていた。実際は真桂にとって、どうでもいい人間よりちょっと関心のある人間でしかなかったのであるが。

自分の価値にすがりつく無様さに、真桂は自分を見た。彼女のようになりたくないと思いはした。けれども、彼女のようになったとしても……別にいいではないか、と思いもした。

仮に自分が失敗して、それがどれほど無様であったとしても、目の前にいるこの人のいる世界が終わらないなら、それはそれでいいのではないか。

「もし娘子がお望みでないのであれば……大家の御子《みこ》を産みまいらせると、娘子にとって不幸が待っております」

皇后の顔色が変わった。

「この発言は、万死に値すること、わかっております。義務を放棄せよと、おそれおおくも皇后であらせられる方に申しあげているのですから」

「それでもなお申すのですね」

「はい。それで娘子のお心が安んずるのであれば」

真桂は一つ深呼吸した。それでも足りなくてもう一つ。

「後宮の女にとって、大家の御子を産み参らせることは、昼も夜もみる夢です。ですから不利な戦いに、自らの全てを賭《と》すのです」

少なくとも皇后と交流を持つまでの真桂はそうだった。

「……もっともそれは、賭《か》けに勝利して得るものに『それだけの価値』を見出《みいだ》しているからです。自らの産んだ皇子が、次の皇帝になろうものならば、己の一生、己の一族の栄華が約束されたも同然。それはわたくしたちのような育てられ方をした女には、喉《のど》から手が出るほどの価値があるものです。しかし娘子には？」

己の名声、そして一族の隆盛《りゅうせい》……それを求める気持ちは真桂にもよくわかる。実をいうと、今このときですらその呪縛《じゅばく》から完全に抜けきっていない。

家のためにさらなる高みを目指そうという気持ちはもうないが、家の名を貶《おとし》めることはきっとこれからも真桂にはできない。李家の家長の首を、父から異母弟にすげかえるということはしたものの、家自体は真桂にとってこれからも守るべき存在であった。

けれどもこの関《かん》小玉という、たまたま皇后の座についた人間も守りたいと思っている。この人とも長いつきあいになり、決して万能な人間ではないことを真桂はもう知っている。

分野によっては真桂よりも遥《はる》かに劣ることだって。

けれどもそんなこの人の仕事を隣でずっと手伝っていたいと思っている。

皇后のことを、なにもかもを捨てて守りたいと思うことまではできない。それを歯がゆく思う。けれども、自分ができる限界ぎりぎりを知っているのは、自分にとっての強みだと信じたい。この人の手助けをするという点においても。

長い、長い沈黙が場に横たわる。ただ無為に待つ時間に、うつむく真桂が耐えきれなくなりかけたとき、皇后が口を開いた。


「真桂どの」


そんな呼び方を初めてされた。驚いて顔をあげると、皇后ははにかんだ笑いを向けてきた。真桂が初めて見る、少女のような顔だった。

「そう呼んでもいいでしょうか」

「は、はい……」

がくがくと頷《うなず》く真桂の目の先には、満足そうな顔の王太妃がいた。

「後押しをされた気分です」

皇后はそう言った。

「わたくしは、この後宮で、初めて友を得ました」

真桂はめまいを覚えた。

皇后にそう言われて宮を辞した真桂は、紅霞宮の門をくぐったところで、へたり込みそうになった。

「支えておあげ」

王太妃の命に、侍女がすかさず手を伸ばす。しかしその手をやんわりと振りほどき、真桂は震えながらも口を開いた。

「これで……ご意向どおりになりましたか？」

「いいえ」

まだなにか求めているのかと、いっそ憎悪すら込めて真桂は王太妃の顔を見る。白皙《はくせき》の美貌《びぼう》、この上なく貴い生まれ……この人には自分の恐怖などわからないだろう。生まれたときから骨の髄までたたきこまれた、絶対的な存在へ反抗することの恐怖を。この人こそ絶対者の一人だから。

それでも、皇后のために「皇后」という絶対的な存在に逆らうことを選んだ自分は、仮に今後間違いだったと判明しても、判断を悔いはしまい。

「……わたくしの求めている以上のことをしてくれたわ」

王太妃の言葉に、真桂は今度こそへたり込んだ。足ががくがくと震える。

王太妃は口の端に笑みを浮かべる。

「あれはわたくしが申しあげたとしたら、道理として娘子《じょうし》を納得させることができたとしても、お心に響かせることはできなかったでしょう」

「そうで……ございましょう」

下位の立場である真桂が、大げさかもしれないが命がけで言ったからこそ、皇后はあんな顔をしてくれたのだ。

「そなたはわたくしの生まれをうらやましいと思うかもしれないけれど、わたくしこそそなたがうらやましい。娘子のお側で、友として、もっとも頼られて過ごすのだから」

王太妃は言葉どおり、羨望《せんぼう》の眼差《まなざ》しを向けてくる。

「娘子は、王太妃さまを大切にお思いですわ」

王太妃は唇だけで笑った。

「かつての主《あるじ》として、そして現在の夫の身内としてね。どれもわたくしの願ったかたちではないわ」

ではなにを願っていたというのか……考えかけて、真桂はすぐにやめた。これは触れてはいけない領域だと察したからだ。

「李真桂」

王太妃は位階をつけず、真桂を呼んだ。

「はい」

「そなたはそう遠くはないうちに、昭儀に復帰したのち、四夫人に昇格するでしょう。もし選べるのであれば、どれを選ぶ？」

定員四名のうち、貴妃以外の三つの位が空いている。上から淑妃《しゅくひ》、徳妃、賢妃《けんぴ》。

王太妃の唐突な問いに、けれども真桂は迷わず答えた。

「願えるのであれば、賢妃を」

かつて皇后が賜っていたのと同じ位だ。

真桂の回答に、王太妃は満足そうに笑った。

※

「とことんまで、面倒を起こしてくれるなあの父娘《おやこ》は！」

と怒鳴り、文林は椅子を蹴飛《けと》ばしたという。

あれでかなり吝嗇《けち》な男が物にあたるのは珍しいことであるが、理由を聞けば小玉もさもありなんと納得したし、清喜相手にちょっと剣を使って運動もした。

「物にあたるのは嫌だからって、僕にあたるの……やめてもらえません……？」

最後そう言ってぱてっと倒れた清喜に、申しわけないと思いはしたが。

小玉と文林の暴力性を一時増加させた原因は、司馬元尚書である。彼が怪しげな動きをしはじめていたのは、先日小玉も知らされてのとおりであったが、それが急激に進展を見せたのだという。そこまではいい……あんまりよくはないけれど。

問題は、司馬元尚書が結びついたのが、よりによって金母の残党なのだという。明慧の死の遠因となったあの連中。

「まだ残ってたのね……」

やはりと思いつつも、小玉の声にとげとげしさが滲《にじ》み出る。

「……ああ」

文林の相づちは、なぜか一拍遅かったが、なんかの事情があるんだろうと小玉はそれは追及しなかった。どんな事情でも、相手への評価が下がることはあっても、上がることはまずありえない。

「いい情報はなんかないの？」

うんざりしながら問う小玉に、文林は仏頂面で「あるぞ」と言った。「ない」と言われる気満々だった小玉は、食ってかかるように叫ぶ。

「うっそ！　なにそれ！」

「司馬元尚書は、鳳を担ぎ上げていないようだ」

「…………」

小玉は言葉に詰まった。

文林の発言は、鳳が生存していないということを示していた。そして自分たちにとって、この戦いの勝率が高いことも。皇族を担ぎあげていない以上、国内において大義名分が彼らにないからだ。

——いいこと二つもあるじゃない。

そう軽口を叩《たた》けなかったのは、落胆してしまったからだ。死を願い出たにもかかわらず、鳳が生きていたら嬉《うれ》しいと思っていた自分がいた。

それを知ってか知らないでか、文林は「行ってくれるか」と疲れた声で言った。

「頭の痛いことばかり起こる」

そう言って彼がかきむしる髪はつやつやしている。彼の髭《ひげ》育成計画は、文林の髪の状態を万全にするという効果を発揮したところで終わっていた。なお、髭に対する効果はいっさい見られなかった。

――まさか文林が摂取した「黒いもの」の中に、蜚虫《ごきぶり》混ぜられてないよな……。髪のつやを見て、小玉はなんとなく思った

派兵について、小玉としても否やはない。

また武国士監の訓練生たちの演習としてもちょうどいいと、速やかに戦支度を整えて出立した。

※

「なぜだ！」

男につかみかかられた司馬は、「いったい何者が先走ったのであろうな」と遺憾そうな声を出した。内心は大笑いではあるものの。

内乱の準備はまだ半ばにすら達していなかった。それなのに勝手に乱を起こされたとあっては、こちらはあっという間に壊滅してしまう。

「こちらはまだ準備ができていないぞ！　一体どうする……今こそ皇子と、それを守らせている私兵を呼んでくれ！」

居丈高な要請に、司馬は本当に声をあげて笑った。

男は急に笑いだした司馬から手を離すと、二、三歩後ずさった。まるで不気味なものを見るような目を向けられ、司馬はますます笑いが止まらない。司馬にとっては、彼らこそ不気味な存在だというのに。

ひとしきり笑うと、司馬氏は一言。

「おらぬ」

男たちの呆然《ぼうぜん》とした顔がおかしくて、司馬は再び笑った。

「な、なにが……おらぬと」

「皇子も、私兵もおらぬ。私は一矢報いたかっただけだ」

「ふざけるな！」

黄色い歯を剝《む》きだしにして激高する男に、司馬は嘲《あざけ》るように言った。

「ふざけてはおらんさ。これは娘の敵討ちであるからな。お前たちはそういう話が好きなのだろう？　よかったではないか。これでお前たちは金母とやらの教えに殉ずることができるのではないか。私のおかげだぞ？　ん？」

「……貴様！」

男たちが司馬につかみかかる。司馬は抵抗しなかった。後ろから首に紐《ひも》がかけられる。

どうやら絞殺をお望みらしい。これは自殺に見せかけられるとみた。

悪くはない。というよりも、ここまで来ればどんな死因でも上等だ。

賽《さい》は投げられた。どんな結果が出ようとも、司馬氏は目的を果たした——「賽を投げる」という行為までたどり着いた。

あとはせいぜい、転がるところまで転がってくれればいい。

司馬が動きを止めると、代表の男は「吊《つる》せ」と周囲に命じた。

ぶらぶらとぶら下がる司馬に、皆恐ろしいものを見るような、汚らわしいものを見るような目を向ける。

「狂ってやがる」

誰かの呟《つぶや》きを、誰も否定しなかった。

男の一人が代表に問いかける。

「もはやこうなっては、戦いの大儀もないぞ。どうする？」

代表の男は淡々と述べた。

「……司馬元尚書は、皇子が死んだことに嘆き、殉死した。この戦いは、弔い合戦ということにしよう。そうすれば同志たちは大儀を背負って死ねるはずだ」

なるほど、と沸きたつ男たち。

彼らもまた、司馬が見れば「狂っている」と言ったことであろう。

※

小玉は相応に警戒して戦いに臨んでいた。

内乱ということ自体、長閑《のどか》なこととはほど遠いし、なにより今回は武国士監の訓練生も引き連れている。

さらにいえば、今日は白《はく》夫人の息子である白公子の初陣である。彼は母よりもはるかに繊細な馬で、数度の演習のうち最初の二回は腹を下して、廏番《うまや》の孫《そん》老人をやきもきさせていた。だから今回は替え馬も用意しての出陣である。

けれども準備のわりに司馬たちの軍は、それはそれはあっさりと制圧できてしまったのである。

ただひたすらに一目散に攻めこんでくる男たち、それをほぼ一方的に槍で突き殺すだけの自分たち。

この戦いともいえない戦いに、小玉は覚えがあった。

――金母。

母を守るために、ひたすらに突っ込んでいった「子」たち。

結局馬を替えることもなく終わった戦いの中、小玉はいくつも転がっている死体の群れの中で不安感にかられていた。

「……他に生き残りがないか調べなさい！」

指示を発しながら、小玉は自身も死体を検分する。気持ちいい作業ではないが、司馬元尚書が逃げ出していないか早急《さっきゅう》に確認する必要あった。

死体の顔という顔はなぜか安らかで、その表情に金母を処刑したときのことを思い出して、嫌な思いになる。

「……司馬の死体がありました！」

やがて上がった報告に、小玉はむしろ驚いた。彼はどこまでも命冥加《いのちみょうが》な人間だと思っていたからだ。

けれども呼ばれた先にいたのは確かに……、

「本当に司馬氏？」

いや、断言できなかった。

やつれすぎてあまりにも面影がなく、そのうえ死因が縊死《いし》である。顔は膨れ上がり、舌が口からはみ出ている。その姿を見て、往時の彼だと判定することは面識のある小玉にもできない。

「……間違いありません、ね」

綵が書類と見比べながら、腕などを検分している。

「黒子の位置などが一致しています」

かつて、孫修儀《そんしゅうぎ》が盛った毒について、当時淑妃だった司馬若青《じゃくせい》に嫌疑がかかったことがある。それに引きずられるかたちで、父親である司馬元尚書が牢屋《ろうや》にぶち込まれた際に作られたのがこの書類だ。

比較的最近に作られたものである以上、その書類の内容と一致したということは、司馬元尚書である可能性が限りなく高い。

「……宮城でしっかりと検分してもらいましょう」

「はい」

頷《うなず》いて、書類をくるくると丸めて懐に突っ込む綵は、思えばそうとう成長した。かつて桶《おけ》を手放せなかったのが嘘のようだ。

「そうね……」

小玉は床に降ろされた司馬元尚書の死体を見下ろした。死因が死因だけに表情がわかるわけもなかったが、安らかな顔をしているような気がして顔をしかめる。ほかの死体を見過ぎて、感覚が狂ったのだろうか。

「生存者がいました！」

「連れてきて」

幸いなことに、指導者または指導者に近い立場のようだった。小玉のもとに連れてこられた男は、司馬（推定）に唾《つば》を吐きかけると、こいつのせいで！　と罵《ののし》りはじめた。

「こいつのせいで？」

「こいつが、皇子は生きていると嘘をついたから！　なにが私兵に守らせている、だ！　身一つだったくせして……！」

小玉は死体を見下ろした。どうやら司馬（確定）のようだった。

※

「母后へいか、お帰りなさいませ」

帰還した小玉を出迎えたのは鴻だった。立派に育った姿に、ちょっとの寂しさとそれをはるかに上回る誇らしさを感じる。

けれども小玉の気持ちを沈ませることもあった。それは金母の素性についてだった。


「俺の姉だ」

「は……？」

文林の言葉があまりにも信じがたいもので、小玉は三度聞き返し、三度同じ答えを得た。三度目に、説明ともいえない説明を付け足された。

「俺の父親の娘だ。母親が廃されて、姉は放逐された」

「じゃあ鄒王との繋《つな》がりって……」

「叔母《おば》と甥《おい》の関係だな。あれはそれで金母につき従ったらしい」

驚くしかなかったが、色々と納得もできる。金母が宮城に手を伸ばしたとしても、国家を転覆することは到底できないのにと、疑問に思っていたのだ。歪《ゆが》んでいたにしては、明哲な物言いをしていた彼女がなぜ……と思っていたが、本人が皇族の血を引いていれば、可能性は上がる。皇族内に味方がいればなおさら。

「いつから知ってたの？」

「孫修儀の事件の後だ」

「なんで教えてくれなかったの？」

「……お前が、金母を殺したからだ」

その事実に、小玉は否応なく実感した。自分は知らなかったとはいえ、義理の姉を殺したのだ。

「この一族の『狂気』に、お前を巻きこんでしまった」

ぼんやりと手を眺める小玉は、不思議なことに金母のことではなく、鴻のことを考えていた。彼もまた「一族」の中の一人である。彼もまたその「狂気」の渦中にいる。自分はなにがあっても、彼を守りたい。

思い浮かぶのは梅花の顔である。彼女は死に臨み、鴻のことを頼まなかった。

彼女はあらゆる細やかなことについて、小玉に後事を託した。文林の今後のことですらどうか、どうかと頼んだ。

けれども鴻についてはなにも言わなかった。それは小玉が「鴻の母」だからだ。他人が母親にその子どもを頼むのはおかしいからだ。

そうとも、鴻は小玉の大事な子だ。それに……。

「あたしは、あんたがいうところの『この一族』の嫁よ。一族のことを嫁がかかわらなくてどうするの」

小玉がそう告げると、文林は目を見開いた。小玉の顔をじっと見て、二、三度瞬《まばた》きすると苦笑する。

「俺はお前に迷惑をかけてばっかりだなあ」

「……最近、なにか物事が終わるたびにそんなこと言うわね」

「謙虚になってきたと思ってくれ」

文林が苦笑した。

最近彼は疲れているのだろうか……と思ったところで、小玉はその馬鹿らしい考えを投げ捨てた。なにが馬鹿らしいって、彼が疲れていないわけがないからだ。いつだってそうだった。

謙虚、というより弱気になったようにも見える彼を眺めて、小玉はこれがいい傾向だったならと考える。文林が弱音を吐けるようになっただけだというなら、これは彼にとってよい息抜きになるだろうから。

「そういえば鴻のことなんだが、一つ頼まれてくれないか」

「なに？」

露骨に話を変えられた気がするが、小玉はあえてそれに乗っかった。

「お前鴻に、無患子《むくろじ》の腕輪を作ってあげただろう」

「ああ、あれね」

人払いだとか、雪苑たちへの贈り物だとかに活用しているが、小玉が無患子を集めていた本来の目的は鴻のためである。

「あれの礼の品を鴻に選ばせる際、助言をしたんだ」

「へえ……へえ!?」

「なんで二回言った」

「いや言いもするわ」

鴻との関係改善が順調すぎて、不気味ささえ感じる今日このごろである。

「いや、太子として皇后への礼について学ばせるいい機会でもあったからな」

「なるほどねえ」

「それで、だな……」

文林の言葉から急に勢いがなくなった。おや、と思っていると文林はこめかみのあたりを人差し指でかりかりと掻《か》きながら、歯切れ悪く言った。

「礼にのっとって選んだものだから、こう……お前個人が好みそうにない物品ばかりになったんだが、そのことについては特に言わないでくれないか」

「別に文句なんて言わないわよ」

これまでもらったものに文句をつけたことなど、めったにない。しかし文林は重々しい表情で、首をゆっくりと横に振る。

「だがお前、『太子のお気持ちだけで十分です』だとか、『お文などいただければそれだけで嬉《うれ》しい』とか言うだろ」

「ああー……言いそうね」

というか、言う。思いやりのつもりで。

「お前にそう言われるには、あいつはまだ太子としての役割に自信を持ってないからな。まだ早い」

「んー……なるほど……わかった」

小玉が頷いたのに、文林はどこか心配そうな表情を作る。これは鴻に対してのものだろうか。

「腑《ふ》に落ちないか？」

「うーん……」

言われて図星をさされたような気持ちになる。けれども、完全に「それ」とは言えない気もする。

「多分……あたしが太子としての鴻に、まだ慣れてないんだわ」

頑張って言語化しただけに、わかってもらえるかわからないと思いはしたものの、案に相違して文林はすんなりと頷く。

「なるほどな」

　少し、嬉しかった。

「だから、またこういうことあったら、助言してくれると嬉しい」

「わかった」

　頷く文林に、小玉は「ふふ」と声を出して笑ってしまった。

「なにか楽しいことがあったか？」

「うん」

　小玉は強く肯定した。

　自分が鴻についてわからなくなっていることがあるぶん、文林が彼についてわかってくれている。それは嬉しいことだ。

　近ごろ小玉にとって、後宮の中はままならなくなってきた。だがほかのところで、よいことが起こっていることだってある。

　それに小玉は、今の状況を悲しいものとは捉《とら》えていない。確かに今の小玉には敵が増えている。だがむしろ、かつてのほうが異常だったのだと小玉は思っている。むやみやたらな好意はいつか裏切るものだ。だからお姉さまとやみくもに慕ってくる妃嬪《ひひん》たちに、小玉は一線を引いていた。それでいて好意を持つ相手を突きはなすこともためらわれた。

　けれども今は小玉の手腕を見て従ってくれる人間がいる。従わなくなった人間の中でも、物事を一つ片づけるごとに、信頼を向けてくれる者もいる。

それはまるで武官のときのようだった。そう思うと、なぜか心が勇みたつのを感じる。十代、そして二十代に感じていた昂《たか》ぶりだ。

この状況を乗りきりたいと思っている今の自分に、悲壮感はあまりないのだ。

——この男を、あたしのものでいさせ続けるために。

※

「おのれおのれおのれ！」

気でも触れたかのように喚《わめ》く男が康の王城で、物に当たり散らしていた。見た目は温柔な老人でしかない彼は、女王の大叔父《おおおじ》にあたる人間である。

「無能が！　無能が！」

彼の怒りは、司馬元尚書に向けられていた。密《ひそ》かに支援していた金母の残党たちもろとも滅んだ彼を、大叔父は今や宸《しん》の皇帝夫妻よりも恨んでいる。

そんな彼に、おそるおそる声をかける者がいた。勇気ある行為であるが、声をかけないとひどい目にあう可能性があるので、どちらかといえば恐怖による行動だ。

「陛下が……」

「陛下がどうした⁉」

相手が老人だろうが子供だろうが、血走った目を向けられたら誰だって怯《おび》える。しかもそれが上位の者からときたら。しかし側仕えは、そんな辛《つら》い状況の中でもきちんと職務を遂行した。

「体調が優れないならば、参内せずともよいと」

「あの小娘！」

聞くや否や、大叔父は椅子を蹴飛《けと》ばす。とてもご老体とも思えない反射神経、そして脚力だ。

最近女王は親政に意欲的だ。結婚相手を選ぶところからして、大叔父をはじめ廷臣たちの選んだ男たちからではなく、母の同父妹の息子を最初の夫として指名した。今は一人目の子を孕《はら》んでいる。父親の血筋からいっても、これが女児ならば次代の女王になるのはほとんど確定したも同然だ。

国家的には喜ばしい。けれども大叔父個人は喜んではいなかった。

これが恋心に目が眩《くら》んでの末での人選ならば、周囲の者たちにとっても御《ぎょ》しやすいので、苦笑するだけでおさめることができたのだ。しかし女王なりに政治的な力関係を考えて選んだ結果なのだから、大叔父としては笑って見守ることができない。

しかも姪《めい》の一人はあれはあれで、近ごろ寛の皇帝の子を産んだ。この国では継承権を持たない男児であるが、彼女が今後娘を産まないとは限らず、万が一のことになってしまえば難しいことになる。

なにが難しいというのかというと、大叔父が実権を握るのが。

姪であり、現在は寛の皇帝の妃嬪の一人である彼女は、昔から御しにくい娘で、彼はこの姪が嫌いであった。

「どいつもこいつも！」

老人は床に敷いてあった絨毯《じゅうたん》を踏みにじった。西域から取りよせられたそれは、複雑な模様をさらに複雑に歪《ゆが》ませた。

※

——これが終われば、鳳という名の皇子は完全に死ぬ。

祖父は少年にそう言った。

かつて野心にぎらついた目には、凪《なぎ》のような穏やかさしかなかった。

少年は母を殺した。そのために祖父に殺された。

……殺されたのだと思った。首を絞《し》められて目の前が真っ黒になり……目が覚めたとき、自分は死後の世界に来たのだと思った。

それまでいたところとは、あまりにもかけはなれたところにいたから。

自分の顔をのぞきこんでいた老夫婦は、なにも説明をしてくれなかったが、世話をしてくれた。なにより、宮の者たちから漂っていた嫌な雰囲気はなかった。

外出は許されなかったが、建物の中で自由にしてよかったので、少年はなにをするでもなく漫然と日々を送っていた。嫌なことが特にない以上、なにをすればいいのかわからなかった。なにをしたいとも思わなかった。

生きることを含めて。

祖父が訪ねてきたのは、少年が目覚めて何日後のことだったか。正確な日数はわからないが、髪がだいぶ伸びたので数か月は経っていたのだろう。

しばらく感情を動かすこともなく日々を過ごしていた少年だったが、祖父を見てかなり驚いた。あまりにも様変わりしていたからだ。

かつて鳳の首を絞めたときにはすでにやつれていた祖父だったが、あれから更に痩《や》せ、髪にも髭《ひげ》にもつやはなく、以前には少ししかなかった白いものがかなり目立った。だから少年は最初、目の前にいる相手が誰なのかわからなかった。

「鳳という皇子は死んだ」

まだ生きている自分相手に、祖父はおかしいことを言った。少年は口を開こうと思ったが、祖父はそれを許さなかった。

「だがまだ完全ではない。後顧の憂いを断つ必要がある」

祖父はここで言葉を切り、少年の顔をじっと眺めた。目に焼きつけるように。

そしてやおら手を伸ばし、少年の頭に乗せようとしたところで動きをとめ……そっと手を引いた。

「さらばだ。私はもうお前に会うことはない」

一から十まで祖父の言動が理解できず、踵《きびす》を返す彼の背を、少年は戸惑いながら見送ることしかできなかった。

祖父がなにをしたのかを知ったのは、そこからさらに数ヶ月後だ。寡黙な老夫婦がようやく仔細《しさい》を説明してくれた。

祖父が赤の他人の死体の顔を潰《つぶ》して偽装し、自分を逃がしたこと。

そして自分を逃がしつづけるために死にに行ったこと。

そして今、少年は老夫婦とともに旅をしている。

自分たちはこれから、寛という国に行くのだという。そこのある村には、老夫婦の息子がいて、これから自分たちはそこに身を寄せるのだという。

痩せた馬に老婦人と自分が乗り、老人はそれを牽《ひ》いている。馬にゆられるがまま日が傾いていく様子をぼんやりと眺めていた少年は、老人を呼んだ。

「なんだ」

「下りる……馬がつかれるから」

少年の言葉を聞いた老人は、表情ひとつ動かさなかった。

だが馬を止めて、かつて鳳と呼ばれていた少年が下りるのを手伝ってはくれた。彼は大地に立ち、足を前に踏み出す。

娘を孫に殺され、それでも孫を救った祖父の気持ちを、きっと自分は完全には理解しきれないと、彼は思う。けれどひとつだけ理解できたことがある。

――自分はきっと、愛されていた。

かつてかわいがってくれた女からもらった「似たようなもの」ではなく、ずっと欲しかった「本物」を。

おそらくは、生まれたときから。

# あとがき

平成も終わりの声が聞こえる今日このごろ、皆さまいかがお過ごしでしょうか。

このたび、『紅霞後宮物語』の第二部を始めることができました。実をいうともう少し先になるかと思っておりましたので、驚いております。

今回から登場人物紹介が冒頭に入ります。「あの人あんな名前だったんだ……」などと思いながら、ご参考にしていただければ幸いです。

この巻では、小玉《しょうぎょく》にとっての幸せについて触れています。その結果、小玉が作者である私への批判を突きつけてきた節があります。私自身が「小玉がこうなったら嬉《うれ》しいのにな」と思うことと、関《かん》小玉という人格が喜ぶことは違うのだと感じました。

ところで私事なのですが、私の甥《おい》っ子はますますかわいくなっております。そしてこの本が出るころ、今度は弟のほうに男の子が生まれる予定です。日本のかわいらしさ指数が一気に跳ねあがると、伯母《おば》は本気で思っております。

そんな人間なので、甥を見ているといつも幸せです。でもだからといって、この子が自分を喜ばせるために生まれてきたと、勘違いすることはあってはならないと思っています。

小玉に対してもそう思っています。少なくとも彼女は、他人を喜ばせるために自分を捧《ささ》げるような善人ではありませんね。

　このシリーズには純度混じりけなしの善人や、完全無欠な超人がいません。全員なにかしら思惑を抱えていたり、失敗したりしています。最初はよくても後で見ると……ということも起こっています。でもそれは彼らが彼らにとっての「現在」を生きているからなのだと思います。特に今回の小玉は、さんざん苦労しています。梅花《ばいか》亡き今、彼女がどれだけ大きな存在だったのかうかがえる内容になったと思います。

　そして純度混じりけなしの善人がいないということは、完全な悪人もいないということです。今回「過去をちょっと清算したせいでいい人っぽく見える人」が出てきます。そういう人に対しては、びっくりするほど他の悪事に目を瞑《つぶ》ってしまうのだと、書いている本人でさえ思ってしまいました。

　最後に、このあとがきを書いている時点でまだ見せていただいておりませんが、第二部開始を飾る桐矢《きりや》先生の表紙はどのようなものになるのでしょうか。わくわくしながら待っております。

雪村花菜《ゆきむらかな》

二〇一九年一月十五日

お便りはこちらまで

〒一〇二―八五八四
富士見L文庫編集部　気付
雪村花菜（様）宛
桐矢　隆（様）宛

富士見L文庫

# 紅《こう》霞《か》後《こう》宮《きゅう》物《もの》語《がたり》　第《だい》九《きゅう》幕《まく》

## 雪《ゆき》村《むら》花《か》菜《な》

2019年2月15日　初版発行
2021年5月25日　3版発行

発行者　青柳昌行
発　行　株式会社 KADOKAWA
〒102-8177　東京都千代田区富士見2-13-3
電話　0570-002-301（ナビダイヤル）

印刷所　株式会社 KADOKAWA
製本所　株式会社 KADOKAWA
装丁者　西村弘美

定価はカバーに表示してあります。　◆◇◇



●お問い合わせ
https://www.kadokawa.co.jp/（「お問い合わせ」へお進みください）
※内容によっては、お答えできない場合があります。
※サポートは日本国内のみとさせていただきます。
※Japanese text only

ISBN 978-4-04-073045-5 C0193